KB178001

위험한 여름

무민 도서관

위험한 여름

초판 1쇄 발행일_2018년 6월 21일 | 초판 3쇄 발행일_2023년 7월 4일

글 · 그림_토베 얀손 | 옮김_따루 살미넨

펴낸이_박진숙 | 펴낸곳_작가정신 | 출판등록_1987년 11월 14일(제1-537호)

주소_(10881) 경기도 파주시 회동길 216 2층 | 전화_(031)955-6230

팩스_(031)955-6294 | 이메일_mint@jakka.co.kr | 홈페이지_www.jakka.co.kr

ISBN 979-11-6026-651-1 04890

ISBN 979-11-6026-656-6 (세트)

Farlig midsommar

* 책값은 뒤표지에 있습니다. * 잘못된 책은 바꾸어 드립니다.

* 이 책의 등장인물을 포함한 고유명사는 가독성을 위하여 국내에 널리 소개된 표기를 따랐습니다.

FARLIG MIDSOMMAR

위험한 여름

토베 얀손 무민 연작소설

따루 살미넨 옮김

작가정신

비비카에게

N.W.
N.O.
W.
Õ
S.W.
S.O.
S.
전나무
오두막
감옥
우물
필리융크의 집
작은 헤물렌의
집
풀밭
스너프킨의
야영지
배 빌리는 곳
미이가 들어간
반짇고리
좌초된
극장
KARTA
ÖVER
GRANVIKEN.
전나무 만 지도
무민과
스노크메이든이
잠든 마가목
무민과
스너프킨이
숨은 만
Tove

차례

제1장

나무껍질 배와 불 뿜는 산

무민마마는 햇볕이 드는 계단에 앉아 나무껍질로 만든 배에 밧줄을 달며 생각했다.

'내 기억이 틀리지 않다면 갈레아스선*은 뱃고물에 커다란 돛이 두 개 있고, 뱃머리 쪽에는 작은 삼각형 돛이 여러 개 있어.'

키가 가장 어려웠고, 짐칸이 가장 재미있었다. 무민마마가 나무껍질로 아주 조그만 출입구를 만들어 제자리에 끼

* **갈레아스선**_ 옛날 지중해에서 사용된 군함.—옮긴이

우자, 구멍에 딱 맞아 들어갔고 가장자리도 아귀가 잘 맞았다.

“폭풍이 불어닥칠 때를 대비해야지.”

무민마마가 이렇게 혼잣말하며 만족스럽게 한숨을 내쉬었다.

무민마마의 옆에 앉은 밈블의 딸은 무릎에 턱을 괴고 배 만드는 광경을 지켜보고 있었다. 밈블의 딸은 무민마마가 알록달록한 유리가 달린 압정으로 당김줄을 고정하는 모습을 보았다. 돛대에는 빨간 깃발이 달렸다.

밈블의 딸이 깍듯하게 물었다.

“누구 주실 거예요?”

무민마마가 반짇고리에서 적당한 닻줄을 찾으며 대답했다.

“무민에게 줄 거란다.”

그때 반짇고리 안에서 아주 가냘픈 목소리가 소리쳤다.

“밀지 좀 마요!”

무민마마가 말했다.

“얘야. 네 여동생이 또 반짇고리 속에 들어가 있구나. 까딱 잘못하다가는 바늘에 찔릴지도 몰라.”

“미이!”

밈블의 딸이 험악하게 소리치고는 여동생을 실타래에서

끄집어내려고 했다.

"당장 밖으로 나와!"

하지만 미이는 반짇고리 속으로 더 깊이 기어 들어가서 실타래 속에 완전히 파묻혀 버렸다.

밈블의 딸이 투덜거렸다.

"동생이 너무 작아서 돌보기 힘들어요. 미이가 어디 있는지 도무지 알 수가 없어요. 동생한테도 나무껍질 배를 만들어 주시면 안 돼요? 미이가 물통 속에서 배를 타고 다니면 적어도 어디 있는지는 알 수 있을 테니까요."

무민마마가 웃음을 머금고 손가방에서 나무껍질 조각을 꺼냈다.

"미이가 여기에 탈 수 있을 것 같니?"

밈블의 딸이 대답했다.

"그럼요. 하지만 작은 구명대도 만들어 주셔야 해요."

미이가 반짇고리 속에서 소리쳤다.

"실 뭉치를 잘라 버려도 돼요?"

무민마마가 대답했다.

"그러렴."

무민마마는 자신이 만든 갈레아스선을 애정 어린 눈길로 바라보며 혹시 뭔가 빠뜨린 게 없는지 생각했다. 배를 손에 들고 있을 때, 갑판 가운데로 둥실둥실 떠내려오는 크고 시커먼 그을음이 눈에 들어왔다.

"어머!"

무민마마가 소리치며 후 불어서 그을음을 날려 보냈다. 그렇지만 곧 그을음이 또 날아와 무민마마의 콧잔등에 내려앉았다. 공기가 온통 그을음으로 가득했다.

무민마마가 일어서서 한숨을 내쉬었다.

"그래. 저 불 뿜는 산이 말썽이야."

미이가 흥미로워하며 반짇고리에서 고개를 내밀고 물었다.

"불 뿜는 산이라고요?"

무민마마가 설명했다.

"그래, 이 근처 산에서 불을 뿜기 시작했단다. 내가 결혼한 뒤로는 줄곧 잠잠했었는데 방금, 그것도 빨래를 다 널자마자 다시 갑자기 불을 뿜기 시작했어. 그을음도 날리고. 그래서 몽땅 시커매졌지……."

미이가 잔뜩 신이 나서 소리쳤다.

"몽땅 타서 잿더미가 되는 거네! 그러니까 집이랑 정원이랑 장난감이랑 동생들이랑 동생들 장난감까지 몽땅!"

"터무니없는 소리를 하는구나."

무민마마가 다정하게 말하며 콧잔등에서 그을음을 털어냈다.

그런 다음 무민마마는 무민을 찾아 나섰다.

산허리 아래, 무민파파의 해먹이 달린 나무 바로 오른쪽에는 맑은 갈색 물이 찰랑거리는 커다란 연못이 있었다. 밈블의 딸은 늘 연못 한가운데 밑바닥이 한없이 깊다고 우겼다. 그 말이 맞을지도 모른다. 연못 가장자리에는 잠자리와 물거미가 쉴 수 있을 만큼 넓은 잎이 반짝이며 자라났고, 수면 아래에는 다리가 기다란 벌레들이 중요한 일이라도 있는 듯 바삐 오갔다. 더 깊은 곳에는 금빛 눈을 빛내는 개구리가 자리 잡고 있었고, 저 밑바닥 진흙 속에 사는 개구리의 불가사의한 친척들이 언뜻 보일 때도 있었다.

무민은 늘 앉던 곳에 (사실 늘 앉던 여러 곳 가운데 한 곳에) 자리를 잡고 꼬리를 몸 밑으로 조심스럽게 밀어 넣은 채 연둣빛 이끼밭 위에 웅크리고 누워 있었다.

무민은 바스락거리는 날갯짓 소리와 벌이 윙윙대는 나른한 소리를 들으며 진지하고도 만족스러운 표정으로 연못을 바라보았다.

무민은 생각했다.

'그건 날 위한 거야. 그건 날 위한 것이어야 해. 엄마는 가장 좋아하는 이를 위해 여름마다 첫 나무껍질 배를 만들어. 그러고는 다른 가족들이 섭섭하지 않게 남몰래 뒤

섞어 놓지. 만약 저 물거미가 동쪽으로 미끄러져 가면 엄마가 만든 배에는 작은 배가 딸려 있지 않겠지. 서쪽으로 가면 너무 작아서 손으로 집을 수도 없는 배가 있을 테고.'

물거미는 천천히 발을 끌며 동쪽으로 갔고, 무민의 눈에 눈물이 차올랐다.

바로 그때 풀이 바스락거리더니 무민마마가 풀숲 사이에서 고개를 내밀고 말했다.

"여기 있었구나, 무민. 네게 줄 게 있단다."

무민마마가 조심스럽게 갈레아스선을 물에 띄웠다. 배는 제 모습이 비치는 수면 위에서 가만가만 흔들리며 다른 건 전혀 해 본 적이 없다는 듯 자연스럽게 항해하기 시작했다.

무민은 엄마가 작은 배를 잊어버렸다는 사실을 바로 알아차렸다.

무민은 볼을 엄마의 볼에 다정하게 부비며 (얼굴을 하얀 벨벳에 부비는 것 같은 느낌이 들었다.) 말했다.

"지금까지 만든 배 중에 가장 멋져요."

무민과 무민마마는 이끼밭에 나란히 앉아 연못*을 가로지르며 나아가던 갈레아스선이 나뭇잎 옆에 머무르는 광경을 바라보았다.

그때 밈블의 딸이 집 주위에서 여동생을 찾으려고 고함치는 소리가 들려왔다.

밈블의 딸이 소리쳤다.

"미이! 미이! 이 못된 녀석! 미—이! 집에 오기만 해. 머리채를 잡아당겨 버릴 테니까!"

* 이 연못은 핀란드에서 흔히 볼 수 있는 작고 깊은 물웅덩이다.—지은이

무민이 말했다.

"미이가 또 어디로 숨어 버렸나 봐요. 우리가 미이를 엄마의 손가방 안에서 찾았던 적도 있었는데, 기억나세요?"

무민마마가 고개를 끄덕였다. 무민마마는 수면 가까이 고개를 숙이고 앉아 연못 바닥을 들여다보았다.

무민마마가 말했다.

"저 밑에서 뭔가 반짝거리는구나."

무민이 대답했다.

"엄마의 금팔찌예요. 스노크메이든의 발찌도 있고요. 좋은 생각이죠?"

무민마마가 말했다.

"정말 근사하네. 이제부터 장신구는 갈색 연못에 보관하자꾸나. 그게 훨씬 예뻐 보이니까."

밈블의 딸은 무민의 집 계단에 서서 목이 쉬어라 고함쳤다. 밈블의 딸도 미이가 수많은 비밀 장소 가운데 어딘가에 앉아 낄낄대고 있을 줄은 알고 있었다.

미이는 생각했다.

'꿀로 꼬드기면 나갈 텐데. 그래서 내가 나타나면 그때 때리면 될 텐데.'

흔들의자에 앉아 있던 무민파파가 말했다.

"있잖니, 얘야. 네가 그렇게 소리치면 동생은 절대 나타나지 않을 거란다."

밈블의 딸이 젠체하며 설명했다.

"제가 이렇게 소리치는 건 오로지 양심 때문이에요. 엄마가 떠나면서 저한테 말했어요. "이제 동생을 너한테 맡길게. 네가 아니면 미이는 세상 누구도 키울 수가 없어. 난 처음부터 포기했으니까."라고요."

무민파파가 말했다.

"음, 그런 거라면 이해한다. 그렇게 해야 네 마음이 놓인다면 그냥 소리치렴."

무민파파는 아침이 차려진 식탁에서 케이크 한 조각을 집어 들고는 조심스럽게 주위를 살핀 뒤 크림 단지에 푹 담갔다.

베란다에 놓인 식탁 위에는 아침 식사 다섯 명 분이 차려져 있었다. 여섯 번째 접시는 식탁 밑에 있었는데, 밈블의 딸이 자신은 식탁 밑에 있어야 더 독립적으로 느껴진다고 우겼기 때문이었다.

식탁 한가운데 꽃병 그늘 아래에는 아주 작은 접시가 놓여 있었는데, 이건 물론 미이의 접시였다.

무민마마가 정원에 난 길을 따라 헐레벌떡 뛰어왔다.

무민파파가 말했다.

"걱정하지 말아요, 여보. 우리는 식품 저장실에서 먹었어요."

무민마마는 숨을 헐떡거리며 베란다로 와서 식탁을 보았다. 식탁보가 온통 그을음투성이였다.

무민마마가 말했다.

"휴. 정말 끔찍하게 덥네요. 그을음투성이고. 불 뿜는 산이 말썽이에요."

무민파파가 아쉬운 듯 말했다.

"산이 조금만 더 가까웠으면 진짜 용암으로 만든 문진을 얻을 수도 있었을 텐데 말이에요."

정말 이루 말할 수 없이 더웠다.

무민은 여전히 연못가에 누운 채 너무 밝아서 은반 같은 하늘을 쳐다보았다. 바다에서 물새들이 목청 높여 서로를 부르는 소리가 들려왔다.

'천둥이 칠 것 같네.'

무민이 쏟아지는 졸음을 참으며 이끼밭에서 일어났다. 그리고 날씨가 바뀌거나 어둑해지거나 하늘빛이 이상할 때면 늘 그렇듯이 스너프킨이 그리워졌다.

스너프킨은 무민의 가장 친한 친구였다. 무민은 물론 스노크메이든도 아주 좋아했지만, 여자 친구를 좋아하는 마음과 똑같을 수는 없었다.

스너프킨은 차분하고 아는 것도 무척 많았지만, 쓸데없이 말하는 일은 없었다. 어쩌다 가끔 여행 이야기를 들려주곤 했는데, 그 이야기를 듣고 있으면 마치 어떤 비밀 결사의 일원이라도 된 듯 자부심을 느꼈다. 하지만 스너프킨은 남쪽으로 떠났다가 이듬해 봄에야 무민 골짜기로 돌아왔다.

그런데 올봄에는 스너프킨이 돌아오지 않았다.

남들에게는 아무 말도 하지 않았지만, 무민은 겨울잠에서 깨자마자 스너프킨을 기다리기 시작했다. 철새들이 골짜기 위를 날아오르고 북쪽 산허리에 쌓였던 눈이 녹아내리자, 무민은 안달이 났다. 스너프킨이 이렇게 늦은 적이 없었다. 여름이 왔고, 강가에 있던 스너프킨의 천막은 풀로 뒤덮여 마치 아무도 살지 않았던 것처럼 푸르게 변해 버렸다.

무민은 여전히 기다렸지만, 더는 그토록 간절하지 않았고 오히려 스너프킨이 원망스럽고 조금은 지치기도 했다.

딱 한 번, 스노크메이든이 점심을 먹는 자리에서 스너프킨이 늦는다는 말을 꺼낸 적이 있었다.

스노크메이든이 말했다.

"스너프킨이 올해는 정말 늦네."

밈블의 딸이 말했다.

"모르지. 영영 못 올지도."

미이가 소리쳤다.

"그로크한테 잡아먹힌 게 틀림없어! 아니면 구덩이에 떨어져서 납작해졌거나!"

무민마마가 얼른 덧붙였다.

"그런 말 하지 마렴. 스너프킨은 늘 잘해 내잖니."

무민은 강을 따라 천천히 걸으며 생각했다.

'하지만 혹시 몰라. 그로크랑 경찰은 진짜 있잖아. 아주 깊은 구덩이에 떨어질 수도 있고. 얼어 죽거나 공중으로 튀어 올랐다가 호수에 빠지거나 목에 뼈가 걸리거나 무슨 일이든 생길 수 있어. 세상은 크고 위험해. 서로 누군지, 무엇을 좋아하고 무엇을 두려워하는지 전혀 몰라. 그 커다란 세상에서 스너프킨은 혼자 낡은 초록색 모자를 쓰고 떠돌고 있어……. 거기에는 스너프킨의 적인 공원 관리인도 있지. 아주 위험한 적 말이야…….'

무민은 다리에 멈추어 서서 울적하게 강물을 내려다보았다. 그때 누군가가 무민의 어깨를 슬그머니 건드렸다. 깜짝 놀란 무민은 펄쩍 뛰어오르며 뒤를 돌아보았다.

무민이 말했다.

"아, 너였구나."

스노크메이든이 내려온 앞머리 사이로 간절한 눈빛을 보내며 말했다.

"심심해."

스노크메이든은 머리에 제비꽃 화관을 쓰고 있었고, 아침부터 내내 따분했다.

무민은 다정하면서도 조금은 얼빠진 듯한 소리를 냈다.

스노크메이든이 물었다.

"우리 상상 놀이할까? 내가 놀랄 만큼 예뻐서 네가 날 납치하는 척하는 놀이는 어때?"

무민이 대답했다.

"내가 지금 놀 기분인지 잘 모르겠어."

그 말에 스노크메이든이 풀죽어 귀를 축 늘어뜨렸다. 무민은 서둘러 스노크메이든과 볼을 맞대며 말했다.

"네가 놀랄 만큼 예쁘다고 상상할 필요는 없어. 넌 진짜 놀랄 만큼 예쁘니까. 아마 내일쯤 되면 내가 널 납치하고 싶어질 거야."

6월의 낮은 흘러갔고, 땅거미가 내렸다.

하지만 더위는 여전했다.

공기는 타는 듯이 건조했고 그을음이 가득 떠다녔으며 무민 가족은 모두 더위에 지친 나머지 서로 어울리지도 않고 침묵만 지켰다. 결국 무민마마가 해결책을 찾았고, 모두 정원으로 나가서 자기로 했다. 무민마마는 여기저기 흥미로운 곳에 잠자리를 마련했고, 외롭지 않게 잠자리 곁에 작은 등을 놓아 주었다.

무민과 스노크메이든은 재스민 덤불 밑에 몸을 웅크리고 누워 잠을 청했다. 그러나 잠이 오지 않았다.

밤은 여느 때 같지 않았고, 주위가 무서우리만치 고요했다.

스노크메이든이 투덜거렸다.

"너무 더워. 이리저리 뒤척거려지기만 하고, 바닥은 불편하고, 슬픈 생각이 떠오를 것만 같아!"

무민이 말했다.

"나도 그래."

무민은 일어나 앉아 정원을 바라보았다. 모두 잠든 듯했고 잠자리 옆에 놓인 등불만 조용히 타오르고 있었다.

갑자기 재스민 덤불이 부스럭거리며 세차게 흔들렸다.

스노크메이든이 말했다.

"봤어?"

무민이 말했다.

"다시 조용해졌어."

그 순간 등이 풀밭에 넘어졌다.

꽃이 휘청거리더니 천천히 땅에 금이 가기 시작했다. 금은 살금살금 기어오더니 이부자리 밑으로 사라졌다. 그러고는 넓어졌다. 그 틈새로 흙과 모래가 흘러내리기 시작했고, 공교롭게도 무민의 칫솔까지 땅 밑 어둠 속으로 빠져 버렸다.

무민이 소리쳤다.

"한 번도 쓴 적 없는 새 칫솔이었는데! 너도 봤지?"

무민이 틈새에 고개를 밀어 넣고 들여다보았다.

그때 갑자기 땅이 살짝 흔들리며 틈새가 닫혔다.

무민이 풀죽어 다시 한 번 말했다.

"한 번도 쓴 적 없는 새 칫솔이었는데. 파란색에……."

스노크메이든이 위로했다.

"행여나 네 꼬리가 끼었어 봐! 그랬으면 넌 평생 여기 앉아 있어야 했을 거야!"

그 말에 무민이 벌떡 일어섰다.

"이리 와. 우리 베란다에서 자자."

집 앞에는 무민파파가 킁킁거리며 공기 냄새를 맡고 서 있었다.

정원은 불안하게 바스락거렸고, 새들은 떼 지어 날아올랐으며, 발이 작은 녀석들은 종종거리며 풀밭을 서둘러 도망쳤다.

미이가 계단 옆에서 자라고 있는 해바라기 속에서 고개를 내밀고 신이 나서 소리쳤다.

"이제 시작이야!"

갑자기 발밑이 살짝 흔들렸다. 부엌에서 냄비들이 와장창 떨어지며 요란한 소리를 냈다.

무민마마가 잠에서 덜 깬 목소리로 소리쳤다.

"뭐 먹으려고? 무슨 일이야?"

무민파파가 대답했다.

"별일 아니에요, 여보. 불 뿜는 산이 움직이는군요."

(그와 동시에 생각했다. '세상에, 용암 문진을 얼마나 많이 만들 수 있을까…….')

이제 밈블의 딸까지 일어났다. 가족 모두 베란다에 모여서서 난간 너머를 바라보았다.

무민이 물었다.

"불 뿜는 산은 어디 있어요?"

무민파파가 대답했다.

"어떤 작은 섬에 있단다. 아무것도 자라지 않는 작고 시커먼 섬이지."

"조금, 아주 조금 위험하겠죠?"

무민은 이렇게 속삭이며 아빠의 손을 잡았다.

무민파파가 다정하게 대답했다.

"물론이지. 그래, 조금 위험할 뿐이란다."

무민은 마음이 놓여 고개를 끄덕였다.

그 순간, 우르릉거리는 굉음이 들려왔다.

소리는 바다 쪽에서 들려왔는데, 처음에는 웅얼거리듯 희미했지만 점점 더 커졌다.

밝은 여름밤, 모두 엄청나게 거대한 무엇인가가 나무 꼭

대기보다 더 높이 솟아오르는 광경을 지켜보았다. 그건 점점 더 커졌고, 맨 꼭대기 가장자리에 하얗고 쉭쉭거리는 무엇인가가 뭉게뭉게 피어올랐다.

무민마마가 말했다.

"이제 거실로 들어가는 게 좋겠구나."

가족들의 꼬리가 문턱을 넘자마자 해일이 밀려들어 무민 골짜기가 칠흑 같은 어둠에 잠기고 말았다. 집은 조금 기우뚱거리긴 했지만 아주 튼튼하게 지은 덕분에 균형을 잃지는 않았다. 거실에 있는 가구들이 서서히 물에 뜨기 시작했다. 그래서 가족들은 위층으로 올라가 앉아서 폭풍이 지나가기를 기다렸다.

"이런 날씨는 젊었을 때 이후로 처음이군."

무민파파가 유쾌하게 말하며 촛불을 켰다.

불안으로 가득 찬 밤이었고, 묵직한 파도가 덧창을 마구 내리쳤고, 덜컹거리고 삐걱거리는 소리가 끊이지 않았다.

무민마마는 흔들의자에 멀거니 앉아 의자를 앞뒤로 흔들기 시작했다.

미이가 호기심 어린 목소리로 물었다.

"세상이 끝나는 거야?"

밈블의 딸이 대답했다.

"거의 그럴걸. 그 전에 틈이 나면 너도 좀 착하게 굴어

봐. 이제 곧 우리 모두 하늘나라에 갈 테니까."

미이가 다시 물었다.

"하늘나라? 꼭 가야 해? 그러면 거기서는 어떻게 돌아오는데?"

그때 뭔가가 집에 쿵하고 세게 부딪히는 바람에 촛불이 깜빡거렸다.

무민이 속삭였다.

"엄마."

무민마마가 대답했다.

"그래, 얘야."

"깜박 잊고 나무껍질 배를 큰 연못에 두고 왔어요."

무민마마가 말했다.

"배는 내일도 거기 있을 거야."

그러다 갑자기 흔들의자를 멈춰 세우며 소리쳤다.

"어쩜, 내가 어쩌다 그랬지!"

스노크메이든이 깜짝 놀라 물었다.

"뭘요?"

"작은 배 말이야. 내가 작은 배를 빠뜨렸지 뭐니. 중요한 뭔가를 빠뜨린 것 같기는 했는데."

그때 무민파파가 큰 소리로 모두에게 말했다.

"이제 물이 난로 통풍 조절판까지 차올랐어."

무민파파는 계속 위층과 아래층을 오르락내리락하며 거실에 물이 얼마나 차올랐는지 쟀다. 나머지 가족들은 거실 계단 쪽을 내려다보며 젖으면 안 되는 모든 물건을 떠올리고 있었다.

불현듯 무민파파가 물었다.

"누가 해먹 가지고 들어왔니?"

모두 해먹을 잊고 있었다.

무민파파가 말했다.

"잘됐네. 색깔이 정말 끔찍했거든."

집 주위를 흐르는 세찬 물소리가 끊이지 않고 계속 들려오자, 가족들은 슬슬 졸음이 쏟아져 하나둘 바닥에 웅크리고 누워 잠이 들었다. 그렇지만 무민파파는 촛불을 끄기 전에 7시에 울도록 자명종을 맞춰 두었다.

무민파파는 밖에 무슨 일이 벌어졌는지 너무 궁금했다.

제2장

아침 식사와 잠수

드디어 다시 아침이 왔다.

태양은 하늘 높이 올라갈 용기를 내기 전에 가느다란 빛을 길게 내쏘며 한동안 수평선을 더듬었다.

고요하고 아름다운 날씨였다.

하지만 파도는 한껏 들떠서 이제껏 한 번도 바다를 만난 적 없었던 새로운 바닷가를 뛰어넘어 정신없이 밀려들고 있었다. 이 모든 변화를 불러일으킨 불 뿜는 산은 이제 진정되었다. 산은 지쳐서 가끔 하늘을 향해 한숨을 내쉬며 그을음만 조금씩 내뿜었다.

7시에 자명종이 울렸다.

무민 가족은 모두 곧장 일어나 창가로 달려가서는 밖을 내다보았다. 누군가 미이를 창턱에 올려 주었고, 밈블의 딸은 미이가 떨어지지 않도록 치마를 붙들었다. 온 세상이 변해 있었다.

재스민과 라일락이 사라졌고, 다리와 강도 모두 사라져 버렸다.

장작 창고 지붕만 소용돌이치는 수면 밖으로 조금 삐져나와 있었다. 거기에는 숲에 살던 작은 이들 한 무리가 용마루를 붙잡은 채 추위에 오들오들 떨며 옹송그리고 앉아 있었다.

나무도 모두 물에 잠겼고, 무민 골짜기 주위에 있던 산등성이는 수많은 섬으로 조각났다.

무민마마가 말했다.

"예전 모습이 더 좋았는데."

무민마마는 아수라장 가운데에서 늦여름의 달처럼 커다랗게 떠오르며 붉은빛을 내뿜는 태양을 곁눈질하며 이맛살을 찌푸렸다.

무민파파가 말했다.

"모닝커피도 없군."

무민마마는 거친 물속으로 사라진 거실 계단을 힐끗 보

았다. 부엌을 떠올리고 있었다. 그리고 벽난로 가장자리에 두었던 커피 통 뚜껑을 닫았는지 곰곰이 생각해 보았다. 무민마마는 한숨을 내쉬었다.

엄마와 같은 생각을 하던 무민이 물었다.

"잠수해서 가져올까요?"

무민마마가 걱정스럽게 대답했다.

"무민, 넌 그렇게 오랫동안 숨을 참을 수 없잖니."

무민파파가 무민과 무민마마를 돌아보았다.

"난 가끔 방에서 천장을 올려다보는 대신 천장에서 방을 내려다봐도 괜찮겠다고 생각했지."

무민이 반색을 하며 물었다.

"그 말은 그럼……?"

무민파파가 고개를 끄덕였다. 그러고는 방으로 사라졌다가 나사송곳과 가는 톱을 들고 돌아왔다.

가족들 모두 무민파파 주위에 둘러서서 작업을 흥미롭게 지켜보았다.

무민파파는 손수 만든 집 바닥에 톱질을 하자니 조금 끔찍했지만, 깊이 만족스럽기도 했다.

잠시 뒤, 무민마마는 난생처음 부엌을 위에서 보게 되었다. 무민마마는 어스름한 연푸른빛 수족관 같은 부엌을 홀린 듯 내려다보았다. 물에 잠긴 벽난로와 싱크대와 구정물통이 어렴풋이 보였다. 하지만 의자와 탁자는 모조리 천장 바로 아래에서 헤엄치고 있었다.

"어쩜, 너무 웃기네."

무민마마가 이렇게 말하더니 웃음을 터뜨렸다.

무민마마는 한참이나 배꼽이 빠지게 웃다가 흔들의자에 앉아 숨을 돌렸는데, 색다르게 부엌을 보니 기분이 상쾌해졌기 때문이었다.

무민마마가 눈물을 닦으며 말했다.

"구정물통을 비워서 다행이야! 그런데 장작을 들여놓는 걸 깜박했네!"

무민이 말했다.

"이제 들어갈게요, 엄마."

스노크메이든이 걱정스럽게 말했다.

"무민 좀 말려 주세요. 제발요."

무민마마가 말했다.

"아니, 왜? 무민이 재미있어 하잖니."

무민은 잠자코 서서 잠깐 숨을 골랐다. 그러고는 부엌으로 뛰어들었다.

무민은 식품 저장실로 헤엄쳐 가서 문을 열었다. 물은 우유 때문에 희뿌옜고, 월귤잼이 여기저기 흩어져 조금씩 떠다니고 있었다. 빵 몇 덩어리와 마카로니 한 묶음이 무민을 스쳐 지나갔다. 무민은 버터 통을 낚아챘고, 지나가는 빵 한 덩어리를 붙잡았다. 그리고 벽난로 근처를 한 바퀴 돌아 엄마의 커피 통을 집어 들었다. 그러고는 천장으로 올라와서 숨을 크게 들이마셨다.

무민마마가 기뻐서 소리쳤다.

"아니, 이것 좀 보렴. 내가 뚜껑을 닫았단다! 정말 유쾌한 나들이였겠구나. 커피 주전자랑 잔도 구해 올 수 있을까?"

무민 가족에게 그토록 흥미진진한 아침 식사는 처음이었다.

가족들은 아무도 좋아하지 않는 의자를 쪼개 커피를 끓일 장작으로 썼다. 안타깝게도 설탕은 녹아 버렸지만, 그 대신 무민이 시럽을 한 통 찾아냈다. 무민파파가 마멀레이드를 통에서 덜지 않고 바로 떠먹고, 미이가 나사송곳으로 빵 한 덩어리를 통째로 구멍 내도 아무도 신경 쓰지 않았다.

이제 무민은 아무 때나 부엌으로 잠수해 들어가서 새로운 물건을 가져왔고, 그때마다 그을음이 묻은 방에는 온통 물이 튀었다.

무민마마가 활기차게 말했다.

Tove.

"오늘은 설거지 안 할 거야. 앞으로 두 번 다시 설거지를 안 하게 될지 누가 알겠어. 그나저나 거실 가구들은 상하기 전에 건져 올려야 하지 않을까?!"

바깥은 햇볕이 따뜻하게 내리비치고 있었고 바다는 잠잠했다.

장작 창고 지붕에 올라가 있던 작은 이들은 조금씩 정신을 차리고 혼란스럽기 그지없는 자연에 넌더리를 내기 시작했다.

어떤 생쥐 부인이 신경질적으로 꼬리를 빗으며 말했다.

"내가 젊었을 때는 이런 일이 한 번도 일어난 적 없어. 이런 일은 절대 용납하지 않았을 텐데! 그런데 요즘 젊은 것들은 제멋대로 군다니까."

또 다른 작고 진지한 동물이 생쥐 부인에게 기를 쓰고 다가가서 말했다.

"저는 그렇게 큰 파도를 젊은이들이 만들었다고 생각하지 않아요. 우리는 너무 작아서 양동이나 냄비나 세면대에 일으키는 것보다 더 큰 파도는 만들 수가 없어요. 찻잔이라면 또 모르지만요."

생쥐 부인이 눈썹을 치켜세우며 말했다.

"너 지금 날 놀리는 거냐?"

작고 진지한 동물이 말했다.

"아뇨, 절대 아니에요. 하지만 저는 밤새 고민하고 또 고민해 봤어요. 바람도 불지 않았는데 어떻게 그렇게 큰 파도가 생길 수 있었는지 말이에요! 아실지 모르겠지만, 전 그런 데 관심이 많은데, 제 생각에는……."

생쥐 부인이 말을 끊고 물었다.

"그나저나 넌 이름이 뭐야?"

작은 동물은 짜증내지 않고 대답했다.

"훔퍼예요. 우리가 이 모든 일이 어쩌다 일어나게 되었는지 이해하기만 하면, 큰 파도도 아주 자연스러워 보일 거예요."

작고 통통한 미자벨 하나가 꽥꽥거렸다.

"자연스럽다니! 넌 아무것도 몰라! 내 모든 게 엉망진창이 됐다고. 모든 게 다! 그저께는 누가 내 발이 크다고 놀리느라 방울 열매를 내 신발에 집어넣어 놓더니, 어제는 어떤 헤물렌이 우리 집 창문을 지나가면서 아주 의미심장하게 웃었어. 오늘은 이 꼴이 됐고!"

그 말이 인상 깊었던 훔퍼가 물었다.

"그 커다란 파도가 오직 널 괴롭히려고 밀려왔다는 말이야?"

미자벨이 울음을 참으며 중얼거렸다.

"그렇게 말한 적 없어. 누가 날 생각하거나 나 때문에 무슨 일이든 할 리 있겠어? 적어도 커다란 파도는 아니겠지!"

홈퍼가 거들며 넌지시 말했다.

"그 방울 열매가 소나무에서 그냥 떨어졌을지도 모르는 일이잖아? 그러니까 그냥 솔방울이라면 말이야. 아니면 전나무 방울이거나. 전나무 방울이 들어갈 만큼 네 신발이 커?"

미자벨이 씁쓸하게 중얼거렸다.

"내 발이 크다는 건 나도 알아."

홈퍼가 말했다.

"그냥 설명해 봤을 뿐이야."

미자벨이 말했다.

"이건 정서적인 문제야. 설명할 수 없는 문제라고!"

홈퍼가 풀죽어 대답했다.

"그래, 맞아."

생쥐 부인은 꼬리를 모두 다듬은 뒤, 무민 가족의 집을 유심히 지켜보기 시작했다.

목을 길게 뺀 생쥐 부인이 말했다.

"저들이 가구를 건지고 있네. (보아하니 소파 덮개가 케케묵었군.) 아침 식사까지 했어! 맙소사, 주위에 꼭 몇몇은 저렇게 자기밖에 모르더라니까. 스노크메이든은 앉아서 머리를 벗고 있군. (우리가 물에 빠져 죽을 동안 말이지.) 세상에, 이제 소파를 말리겠다고 지붕에 올리고 있잖아! 이젠 깃발까지 걸어 올리네!! 내 꼬리를 걸고 말하는데, 주위에 꼭 몇몇은 저렇게 아무 생각이 없더라니까!"

무민마마가 발코니 너머로 몸을 길게 빼고 소리쳤다.

"좋은 아침!"

훔퍼가 힘차게 대꾸했다.

"좋은 아침이에요! 저희가 가도 괜찮을까요? 너무 이른 시간인가요? 오후에 가는 게 나을까요?"

무민마마가 말했다.

"지금 바로 오려무나. 나는 아침에 손님맞이하길 좋아한단다."

훔퍼는 뿌리째 둥둥 떠다니는 적당히 큰 나무 하나가 가까이 다가올 때까지 잠깐 기다렸다. 훔퍼가 꼬리로 나무를 붙잡고 물었다.

"같이 가실래요?"

생쥐 부인이 대답했다.

"아니, 됐어. 저런 난장판은 나랑 안 어울려!"

미자벨은 새쭉하게 말했다.

"아무도 날 초대하지 않았잖아."

나무가 앞으로 미끄러져 가기 시작했고, 미자벨은 훔퍼

가 떠나는 모습을 잠자코 지켜보았다. 갑자기 버림받은 느낌이 들자, 미자벨은 풀쩍 뛰어 나뭇가지에 필사적으로 매달렸다. 훔퍼는 아무 말 없이 미자벨이 올라올 수 있게 도와주었다.

훔퍼와 미자벨은 베란다 지붕까지 천천히 나아가서 창문을 통해 안으로 기어 들어갔다.

무민파파가 말했다.

"잘 왔어. 우리 가족을 소개해 주마. 무민마마, 무민, 스노크메이든, 밈블의 딸, 미이란다."

미자벨이 말했다.

"전 미자벨이에요."

훔퍼가 말했다.

"전 훔퍼예요."

미이가 말했다.

"다들 바보 같아."

밈블의 딸이 나무랐다.

"자기소개하고 있잖아. 미이, 넌 입 다물고 있어. 진짜 손님이란 말이야."

무민마마가 미안하다는 듯 말했다.

"우리가 오늘 좀 정신이 없단다. 거실까지 물에 잠겨 버려서 어떡하니."

미자벨이 대답했다.

"괜찮아요. 여기서 보니 경치가 아름답네요. 날씨도 좋고 평화로워요."

훔퍼가 깜짝 놀라 물었다.

"진짜 그렇게 생각해?"

미자벨은 얼굴이 빨개져서 대답했다.

"거짓말하려던 건 아니야. 그냥 듣기 좋은 말을 한번 해 봤어."

잠시 침묵이 흘렀다.

무민마마가 수줍게 말을 이었다.

"여기가 좀 비좁단다. 어쨌든 이런 변화도 신선해. 가구를 색다른 방식으로 본다든가 하는 변화 말이지……. 특히 가구가 거꾸로 뒤집어져 있는 모습을 보면 얼마나 재미있는지 몰라! 물도 벌써 따뜻해졌단다. 우리 가족은 수영을 아주 좋아하지."

미자벨이 예의바르게 대답했다.

"그래요? 정말요?"

다시 침묵이 흘렀다.

갑자기 졸졸졸 물 흐르는 소리가 들려왔다.

밈블의 딸이 엄하게 말했다.

"미이!"

미이가 말했다.

"나 아니야. 바닷물이 창문을 넘어서 들어오는 소리라고!"

미이의 말이 맞았다. 물이 다시 차오르기 시작했다. 작은 파도가 철썩거리며 창틀을 넘어 튀었다. 뒤이어 또 다른 파도가 튀어 들어왔다.

그러더니 폭포 같은 물줄기가 쏟아져 들어와 카펫을 덮쳤다.

밈블의 딸은 미이를 주머니에 급히 밀어 넣고 말했다.

"무민 가족이 수영을 좋아해서 천만다행이야!"

제3장

휴가에 익숙해지는 방법

무민마마는 손가방, 반짇고리, 커피 주전자, 가족 사진첩을 무릎에 올린 채 지붕 위에 앉아 있었다. 바닷물에 꼬리가 젖는 게 싫어서 차오르는 물을 피해 간간이 자리를 옮겼다. 지금처럼 손님이 있을 때는 특히 더 싫었다.

무민파파가 말했다.

"하지만 거실 가구를 몽땅 건질 수는 없어요."

무민마마가 말했다.

"여보, 탁자 없는 의자나 의자 없는 탁자로 뭘 하겠어요? 이불장 없는 침대는 무슨 재미로 쓰고요?"

무민파파가 고개를 끄덕였다.

"당신 말이 맞아요."

무민마마가 부드럽게 말했다.

"거울장도 있으면 좋겠어요. 아침에 거울을 보면 얼마나 재미있는지 알잖아요. 그리고 또."

무민마마가 잠깐 뜸을 들이다 말을 이었다.

"오후에 긴 의자에 누워 생각에 잠겨도 재미있고요."

무민파파가 딱 잘라 말했다.

"안 돼요. 긴 의자는 안 된다고요."

무민마마가 대답했다.

"그럼 당신이 알아서 해요, 여보."

뿌리째 뽑힌 나무 몇 그루가 둥둥 떠내려갔다. 손수레와 반죽 통, 유모차, 어망, 부잔교와 울타리도 텅 비거나 수재민으로 가득 차서 떠내려갔다. 하지만 모두 거실 가구를 싣기에는 턱없이 작았다.

갑자기 무민파파가 모자를 뒤로 젖히고 골짜기 입구 쪽을 유심히 바라보았다. 바다에서 이상한 뭔가가 떠내려오고 있었다. 햇빛에 눈이 부셔서 위험한 것인지는 알 수 없었지만 아주 커다랬는데, 거실 가구를 열 배쯤 더 실을 수 있을 만큼 컸고, 무민 가족보다 식구가 더 많아도 넉넉할 만큼 컸다.

처음에는 가라앉고 있는 거대한 항아리처럼 보였다. 조금 지난 뒤에는 한쪽 가장자리로 기우뚱하게 떠 있는 조개껍질처럼 보였다.

무민파파가 가족을 향해 돌아서서 말했다.

"우리는 살아남을 수 있어."

무민마마가 대답했다.

"살아남고말고요. 여기 앉아서 새집이나 기다려요. 악당들이나 일이 꼬이는 법이죠."

훔퍼가 불쑥 말했다.

"그런 말씀 마세요. 전 절대 위험에 빠지지 않는 악당을 알고 있거든요."

무민마마가 깜짝 놀라 말했다.

"그렇게 불쌍한 녀석들이 있다니, 얼마나 심심할까."

이제 그 이상한 물체는 더 가까이 떠내려왔다. 분명히 어떤 집 같아 보였다. 조개껍질 모양으로 생긴 지붕의 가장자리 끄트머리에는 금빛 얼굴 두 개가 달려 있었다. 하나는 울고 있었고, 다른 하나는 웃고 있었다. 웃고 우는 얼굴 아래에는 반원 모양으로 어두운 방이 있었고, 거미줄이 가득했다. 거대한 파도가 한쪽 벽을 통째로 쓸어가 버린 듯했다. 뻥 뚫린 구멍 양쪽 끝에는 물에 젖은 빨간 벨벳 커튼이 애처롭게 늘어져 있었다.

무민파파는 꺼림칙한 표정으로 어둠 속 방을 살폈다.
무민파파가 조심스럽게 소리쳤다.
"거기 누구 있어요?"
아무 대답이 없었다. 파도가 집을 때리자 열려 있던 문들이 쾅하고 닫히는 소리가 들렸고, 텅 빈 바닥에서 먼지 뭉치가 일어 이리저리 굴러다녔다.
무민마마가 걱정스럽게 말했다.
"여기 살던 가족들이 폭풍에서 살아남았어야 할 텐데. 불쌍한 가족이야. 도대체 어떤 이들이었을까? 어쨌든 우리가 이렇게 남의 집을 쓰게 되면 너무 끔찍한데……."
무민파파가 말했다.
"여보, 물이 차오르고 있어요."
무민마마가 말했다.
"그래요, 알았어요. 그럼 우리가 저 집으로 이사해야겠네요."
무민마마는 새집으로 기어 올라가서 주위를 둘러보았다. 전에 살던 이들이 집을 제대로 관리하는 편은 아니었다는 사실을 한눈에 알 수 있었다. 하지만 누굴 탓하겠는가. 너무 오래되어 쓸 수 없는 물건까지 모조리 모아 두는 이들도 있는데. 떨어져 나간 벽이 흠이었지만, 여름에는 이대로도 큰 문제가 없었다.

Tove.

무민이 물었다.

"거실 탁자는 어디에 둘까요?"

무민마마가 대답했다.

"여기 이 가운데에 두렴."

검붉은 플러시 천을 씌우고 술을 매달아 놓은 예쁜 거실 가구가 주위를 에워싸자 무민마마는 마음이 훨씬 편안해졌다. 괴이쩍은 방이 금세 아늑하게 느껴졌고, 무민마마는 기쁜 마음으로 흔들의자에 앉아 커튼과 하늘색 벽지를 상상하기 시작했다.

무민파파가 울적하게 말했다.

"이제 내가 지은 집에는 깃대만 남았군."

무민마마가 무민파파를 토닥이며 말했다.

"멋진 집이었어요. 여기보다 훨씬 좋았죠. 하지만 시간이 조금만 지나고 나면 모든 게 예전과 다름없게 느껴질 거예요."

(사랑하는 독자들이여, 무민마마는 완전히 틀렸다. 예전과 다름없게 느낄 수가 없었다. 왜냐하면 이 집은 평범한 집이 아니었고, 이 집에 살았던 가족도 결코 평범하지 않았기 때문이었다. 그러나 지금은 이 정도만 말해 두겠다.)

훔퍼가 물었다.

"깃발도 가져올까요?"

무민파파가 말했다.

"아니, 그냥 두렴. 어쩐지 위풍당당해 보이는구나."

무민 가족은 골짜기를 따라 천천히 나아갔다. 하지만 외로운 산을 지날 때까지도 작은 점처럼 물 위에 떠서 활기차게 펄럭이는 깃발이 보였다.

무민마마는 새집에서 저녁 차를 준비했다. 크고 낯선 거실에서 탁자는 조금 외로워 보였다. 의자와 거울장과 이불장이 보초 서듯 주위에 우뚝 서 있었지만, 그 뒤로는 어둠과 침묵과 먼지가 가득했다. 천장이 가장 이상했는데, 원래대로라면 가장자리에 빨간 술을 늘어뜨린 거실 전등이 매달려 있어야 했다. 그런데 이곳 천장에는 뭔가 알 수 없는 크고 묘한 게 그림자에 가려진 채 집의 움직임에 따라 이리저리 펄럭이며 흔들리고 있었다.

무민마마가 혼잣말을 중얼거렸다.

"여기는 이해할 수 없는 것투성이야. 하지만 모든 게 꼭 있던 대로만 있으라는 법은 없잖아?"

무민마마는 잔을 모두 탁자에 내려놓은 뒤 마멀레이드를 빠뜨리고 왔다는 사실을 알아차렸다.

무민마마가 말했다.

"어쩜 좋아. 무민이 차에 곁들여 먹는 마멀레이드를 좋아하는데. 내가 어쩌다 그걸 잊어버렸지?"

홈퍼가 끼어들어 말했다.

"전에 이 집에 살던 이들도 마멀레이드를 깜박 잊고 가져가지 않았을지도 몰라요. 포장하기 힘들었을 수도 있고요. 아니면 너무 적게 남아 가져가지 않았을지도 모르고요."

무민마마가 미심쩍다는 듯 말했다.

"우리가 그런 마멀레이드를 찾을 수 있을까?"

홈퍼가 말했다.

"제가 찾아볼게요. 어딘가에 식품 저장실은 있겠죠."

홈퍼는 어둠 속으로 사라졌다.

바닥 가운데에 외딴 문이 있었다. 홈퍼는 그 외딴 문부터 차례대로 살펴보기로 했는데, 희한하게도 문은 종이로 만들어져 있었고 그 뒤에는 타일 난로 그림이 그려져 있었다. 그런 다음 홈퍼는 계단을 올라갔는데, 공중에서 길이 끊겨 있었다.

홈퍼는 생각했다.

'누군가 나한테 장난치는 게 틀림없어. 하지만 이런 장난은 하나도 재미없는걸. 문은 어딘가로 통해야 하고, 계단은 어딘가로 이어져야 해. 어떤 미자벨이 갑자기 밈블처럼 굴거나 어떤 홈퍼가 헤물렌처럼 굴기 시작하면 삶이 어떻게 되겠어?'

사방에 잡동사니만 가득했다. 판지와 천과 나무로 만든 이상한 장치뿐이었고, 전에 살던 이들이 싫증났지만 다락에 가져다 두지 않았거나 미처 완성하지 못한 듯 보이는 쓸모없는 물건만 있었다.

밈블의 딸이 칸막이도 뒤판도 없는 벽장에서 불쑥 나타나 물었다.

"뭘 찾고 있어?"

훔퍼가 대답했다.

"마멀레이드."

밈블의 딸이 말했다.

"여긴 별게 다 있어. 아마 마멀레이드도 있을 거야. 정말 재미있는 가족이 살았나 봐."

미이가 거드름을 피우며 말했다.

"우리는 원래 여기 살던 이들 중 한 명을 봤어. 그런데 나와 보려고 하지 않더라!"

훔퍼가 물었다.

"어디서 봤는데?"

밈블의 딸은 천장까지 잡동사니로 가득 들어찬 어두운 구석을 가리켰다. 그곳에는 야자나무 한 그루가 벽에 비스듬히 기대어 서 있었는데, 종이로 만들어진 잎을 침울하게 바스락거렸다.

미이가 속삭였다.

"악당이야! 우리 모두를 죽이려고 공격할 때를 노리고 있어!"

훔퍼가 떨리는 목소리로 말했다.

"진정해."

훔퍼는 열려 있는 작은 문으로 가서는 조심스럽게 킁킁거리며 냄새를 맡았다. 훔퍼는 어둠 속으로 구불구불하게 이어지는 신기한 좁은 통로를 들여다보며 말했다.

"틀림없이 여기 어딘가에 식품 저장실이 있어."

훔퍼와 밈블의 딸과 미이가 좁은 통로로 들어서자, 작은 문 여러 개가 보였다.

밈블의 딸이 목을 길게 빼고 문에 걸린 표지판의 글자를 힘겹게 읽었다.

"소— 품— 실—. 소품실. 이게 악당의 이름인가 봐!"

훔퍼가 용기를 내어 똑똑 문을 두드렸다. 대답을 기다렸지만, 소품실은 집에 없는 듯했다.

그때 밈블의 딸이 문을 밀어젖혔다.

밈블의 딸과 미이와 훔퍼는 그렇게 많은 물건이 한 자리에 있는 광경을 처음 보았다. 벽은 바닥부터 천장까지 선반으로 빼곡했고, 그 위에는 선반에 놓일 수 있는 모든 물건이 화려하다 못해 위압적으로 느껴질 만큼 난장판으로 한가득 들어차 있었다. 과일이 수북이 담긴 거대한 접시와 장난감, 조명과 그릇, 꽃에 파묻힌 무쇠 갑옷과 공구와 박제된 새와 책과 전화기와 부채와 양동이와 지구본과 총과 모자 상자와 시계와 편지 저울 그리고…….

미이가 언니의 어깨에서 선반으로 폴짝 뛰었다. 미이는 거울을 들여다보고 소리쳤다.

"이것 봐! 내가 더 작아졌어! 이제 내가 하나도 안 보여!"

밈블의 딸이 설명했다.

"그건 있는 그대로 보여 주는 거울이 아니야. 너도 보이니까 걱정하지 마."

훔퍼는 마멀레이드를 찾아냈다.

"잼은 멀쩡하지 않을까?"

훔퍼가 통 하나를 열고 속을 파 보았다.

밈블의 딸이 말했다.

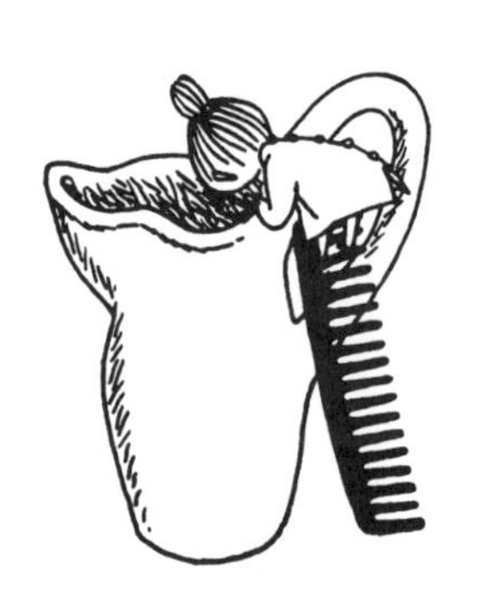

"석고에 색칠한 거네."

그러고는 사과를 집어 한 입 베어 물더니 말했다.

"이건 나무를 깎은 거야."

미이가 웃음을 터뜨렸다. 그러나 훔퍼는 걱정이 밀려왔다. 주위에 있는 모든 물건이 진짜가 아니라 다른 무엇을 본뜬 물건이었고 예쁜 색깔로 제 모습을 감추고 있었으며, 손에 닿는 모든 게 종이나 나무나 석고로 만들어져 있었다. 황금 왕관은 가뿐하게 들 수 있을 만큼 가벼웠고, 꽃은 종이로 만들어져 있었고, 바이올린에는 현이 없었고, 상자에는 바닥이 없었으며, 책은 펼쳐지지도 않았다.

순수한 마음을 다친 훔퍼는 이 모든 상황에 어떤 의미가 있는지 고민해 보았지만, 아무 의미도 찾을 수 없었다.

훔퍼는 생각했다.

'내가 조금만, 아주 조금만 더 똑똑했더라면 좋았을 텐데. 아니면 몇 주만이라도 일찍 태어났더라면 어떤 의미가 있는지 알 수 있었을 텐데.'

밈블의 딸이 말했다.

"나는 여기가 좋아. 모든 게 정말 아무것도 아닌 것 같잖아."

미이가 물었다.

"거기엔 무슨 의미가 있는데?"

밈블의 딸이 기분 좋게 대답했다.

"없어. 그런 바보 같은 건 물어보지 마."

바로 그때 누군가가 콧방귀를 뀌었다. 얕잡아보는 듯했고, 힘찬 소리였다.

훔퍼와 밈블의 딸과 미이는 겁을 먹고 서로 마주보았다.

훔퍼가 중얼거렸다.

"난 가야겠어. 여기 있는 물건들 때문에 우울해져."

그때 거실에서 쿵하고 무시무시하게 커다란 소리가 들렸고, 선반에서 가벼운 먼지 구름이 일었다. 훔퍼는 검을 들고 복도로 뛰어나갔다. 동시에 미자벨이 꺅 하고 내지르는 비명 소리도 들려왔다.

거실은 칠흑같이 어두웠다. 커다랗고 부드러운 무언가가 훔퍼의 얼굴에 부딪혔다. 훔퍼는 눈을 질끈 감은 채 보이지 않는 적을 향해 나무 검을 휘둘렀다. 그러자 상대가 천으로 만들어지기라도 한 듯이 지지직 찢어지는 소리를 냈고, 훔퍼가 용기를 내어 눈을 뜨자 구멍을 통해 새어드는 빛이 보였다.

밈블의 딸이 물었다.

"무슨 짓을 저지른 거야?"

훔퍼가 몸을 부들부들 떨며 말했다.

"소품실을 죽였어."

밈블의 딸이 웃으며 구멍을 통해 거실로 기어가서 물었다.

"도대체 무슨 짓을 저지른 거야?"

무민이 소리쳤다.

"엄마가 끈을 당겼어."

미자벨이 새된 목소리로 말했다.

"그랬더니 갑자기 엄청 끔찍하고 커다란 뭔가가 천장에서 쿵하고 떨어졌어!"

스노크메이든이 설명했다.

"그리고 갑자기 거실 한가운데에 낯선 풍경이 나타났어. 처음엔 우리도 그 풍경이 진짜인 줄 알았지. 네가 풀밭을 뚫고 들어오기 전까지는."

밈블의 딸이 뒤를 돌아보았다.

새파란 호수에 비치는 짙푸른 자작나무 숲이 보였다.

훔퍼가 안심한 얼굴로 풀밭에서 튀어나왔다.

무민마마가 말했다.

"이런. 그게 커튼 끈인 줄 알았지 뭐니. 그래서 당겼더니 이게 떨어졌단다. 이 밑에 누가 깔리지 않아 천만다행이야. 그건 그렇고, 마멀레이드는 찾았니?"

훔퍼가 대답했다.

"아니요."

무민마마가 말했다.

"그래도 차는 마셔야지. 이 그림을 감상하면서 마시면 되겠구나. 정말 멋지고 아름답지 않니? 너희가 조금만 얌전히 나타났더라면 좋았을 텐데."

무민마마는 차를 잔에 따라 주기 시작했다.

바로 그때 누군가 웃는 소리가 들려왔다. 아주 나이 많은 누군가가 비웃는 소리 같았고, 종이 야자나무가 서 있는 어두운 구석에서 들려왔다.

긴 침묵 끝에 무민파파가 물었다.

"왜 웃죠?"

침묵이 더 길어졌다.

무민마마가 머뭇거리며 물었다.

"나와서 차 좀 드실래요?"

구석에서는 여전히 대꾸가 없었다.

무민마마가 말했다.

"전에 여기 살던 가족들 가운데 한 명이겠지. 그런데 왜 나와 보질 않을까?"

무민 가족이 오래도록 기다렸지만 아무 일도 일어나지 않자, 무민마마가 입을 열었다.

"얘들아, 차가 식는구나."

그러고는 샌드위치를 만들기 시작했다. 무민마마가 치즈를 적당한 크기로 자르던 그 순간, 거센 소나기가 지붕을 때리기 시작했다.

구석에서는 바람이 슬피 울었다.

무민 가족은 밖을 내다보았지만, 태양이 반짝이는 여름 바다로 고요하게 잠기는 모습만 보였다.

훔퍼가 놀라서 말했다.

"여기는 뭔가 문제가 있어요."

이제 폭풍이 몰아치기 시작했다. 멀리서 커다란 파도가 철썩이며 바닷가에 부딪히는 소리가 들려왔고, 빗줄기가 쏟아졌지만 바깥 날씨는 여전히 아름다웠다. 그러더니 이제는 천둥까지 쳤다. 우르릉 소리가 천천히 다가오더니 거실을 가르며 새하얀 번갯불이 번뜩였고, 뒤이어 무민 가족의 머리 위로 천둥소리가 몰려들었다.

태양은 너무나 고요하고도 평화롭게 저물었다.

그때 바닥이 뱅글뱅글 돌기 시작했다. 처음에는 천천히 돌았다. 그런데 속력이 점점 빨라지더니 찻잔에 담긴 물이 넘칠 만큼 빨라졌다. 탁자와 의자 그리고 가족 모두 회전목마를 탄 듯이 돌고 돌고 또 돌았고, 함께 서 있던 거울장과 이불장도 똑같이 뱅글뱅글 돌았다.

뱅글뱅글 돌던 바닥은 갑자기 시작된 것처럼 갑자기 멈추었다.

천둥 번개와 비바람도 멈추었다.

무민마마가 말했다.

"어쩜, 세상에는 이상한 일이 참 많이 일어나는구나."

훔퍼가 소리쳤다.

"그건 진짜가 아니었어요! 하늘에는 먹구름이 전혀 끼지 않았어요. 이불장은 번개를 세 번이나 맞았는데도 부서지지 않았고요! 비바람이랑 바닥이 도는 게……."

미자벨이 소리쳤다.

"나를 비웃던 그 소리도!"

무민이 말했다.

"아무튼 이제 다 끝났잖아."

무민파파가 말했다.

"정말 조심해야겠구나. 여기는 무슨 일이 일어날지 모르는 위험한 흉가니까."

"차 잘 마셨어요."

훔퍼는 이렇게 말하고는 거실 한쪽으로 가서 어둠 속을 바라보며 생각에 잠겼다.

'무민 가족은 나랑 너무 달라. 다 같이 느끼고 색깔을 보고 소리를 듣고 뱅글뱅글 돌기까지 했는데, 무엇을 느끼고 보고 듣는지 그리고 왜 도는지는 당최 신경 쓰질 않잖아.'

이제 태양은 둥근 테두리의 꼭대기까지 물속에 잠겼다.

그와 동시에 거실이 온통 빛으로 가득 찼다.

무민 가족은 깜짝 놀라 찻잔을 내려놓고 고개를 들었다. 머리 위에서 불꽃이 붉은빛과 푸른빛을 번갈아 내뿜으며 활 모양으로 빛나고 있었다. 불꽃이 별처럼 둘러싼 저녁 바다는 무척 아름다웠고 친근해 보였다. 거실 바닥에도 불빛이 한 줄기 내리꽂혔다.

무민마마가 넘겨짚었다.

"아무도 물에 빠지지 않게 하려고 그러나 보구나. 그럼 세상은 잘 돌아가고 있는 거지. 하지만 충격적이고 놀라운 일이 너무 많이 일어나서 지금은 조금 피곤하구나. 좀 쉬어야겠어."

하지만 무민마마는 이불을 머리끝까지 끌어올리다 말고 급히 덧붙였다.

"뭐든 새로운 일이 일어나면 무조건 깨워 주렴!"

늦은 밤, 작은 미자벨은 혼자 물가를 걸었다. 달이 떠올라 밤을 가르며 외로운 방랑을 시작하는 모습이 눈에 들어오자 미자벨은 우울해졌다.

'나랑 똑같아. 외톨이에 둥글둥글하잖아.'

그러자 미자벨은 혼자 내버려진 느낌이 들었고 눈물이 찔끔 났다.

훔퍼가 물었다.

"왜 울어?"

미자벨이 대답했다.

"몰라. 그냥 너무 좋아서."

훔퍼가 쏘아붙였다.

"그게 아니라 뭔가 슬퍼서 우는 거잖아."

"그래. 달이."

미자벨이 머뭇거리며 이렇게 말하더니 팽하고 코를 풀었다.

"달과 밤 그리고 모든 게 그냥 슬퍼……."

훔퍼가 말했다.

"음, 그래……."

제4장

허영과 나무에서 잠들면 일어나는 일

며칠이 지났다.

무민 가족은 이상한 집에 점점 익숙해져 갔다. 날마다 저녁이 되면, 정확히는 해 질 녘이면 예쁜 불이 켜졌다. 무민파파는 비가 오면 빨간 벨벳 커튼을 닫을 수 있고, 바닥 아래에 작은 식품 저장실이 있다는 사실을 알아냈다. 식품 저장실에는 둥근 천장이 나 있었고, 물과 아주 가까워서 음식을 차게 보관할 수 있었다. 하지만 가장 멋진 발견은 자작나무 그림보다 훨씬 아름다운 그림이 천장에 한가득 있다는 점이었다. 그림은 끈을 당기면 마음대로 끌어올리고 끌어내릴 수 있었다. 무민 가족은 실톱으로 무늬를 새긴 베란다가 그려진 그림을 가장 좋아했는데, 그 그림을 보면 무민 골짜기가 떠올랐기 때문이었다. 이상한 웃음소리 때문에 이야기가 끊길 때마다 겁을 집어먹지만 않았더라면 무민 가족은 정말이지 온전히 행복했을 터였다. 가끔은 콧방귀 뀌는 소리도 들렸다. 틀림없이 누군가 있었지만, 나타나지는 않았다. 무민마마는 저녁 식사 때마다 종이 야자나무가 서 있는 어두운 구석에 한 그릇씩 음식을 놓아두었는데, 그릇은 항상 깨끗이 비워졌다.

무민마마가 말했다.

"누군지는 몰라도 수줍음을 많이 타나 봐."

밈블의 딸이 말했다.

"누군지는 몰라도 때를 노리고 있어요."

어느 날 아침, 미자벨과 밈블의 딸과 스노크메이든이 털을 손질하며 앉아 있었다.

밈블의 딸이 말했다.

"미자벨은 머리 모양을 바꿔야겠어. 앞가르마는 너한테 안 어울려."

"앞머리도 안 어울리고."

스노크메이든은 이렇게 말하고는 부드러운 앞머리를 매

만졌다. 꼬리털도 가볍게 손질한 뒤, 등에 난 털이 가지런한지 보려고 고개를 돌렸다.

밈블의 딸이 물었다.

"솜털이 그렇게 빼곡히 나 있으면 기분 좋아?"

스노크메이든은 흐뭇하게 대답했다.

"그럼, 좋지. 미자벨, 너도 솜털이 나 있어?"

미자벨은 아무 대답이 없었다.

"미자벨한테 솜털이 많이 나 있었으면 좋았을 텐데."

밈블의 딸은 이렇게 말하고는 머리를 묶기 시작했다.

스노크메이든이 말했다.

"아니면 곱슬머리거나."

갑자기 미자벨이 발을 쿵쿵 굴렀다.

미자벨은 울음을 터뜨리며 소리쳤다.

"이 털북숭이들! 너희가 뭔데 다 아는 척해! 스노크메이든은 옷도 안 입으면서! 나는 옷 안 입고는 절대로, 절대로 아무 데도 안 다녀. 차라리 죽고 말지!"

미자벨은 눈물을 흘리며 거실을 가로질러 복도로 뛰어나갔다. 그러고는 흐느껴 울며 어둠 속을 나아가다 발을 헛디뎌 비틀거렸고, 갑자기 이루 말할 수 없는 두려움에 사로잡혀 멈추어 섰다. 이상한 웃음소리가 떠올랐기 때문이었다.

작은 미자벨은 울음을 멈추고 돌아가려고 문을 찾아 더듬거렸다. 거실 문을 찾고 또 찾아보았지만 시간은 흘러가기만 했고, 점점 더 겁이 났다. 마침내 미자벨은 문을 하나 찾아내어 열어젖혔다.

그러나 미자벨이 뛰어 들어간 방은 거실이 아니었다. 전혀 다른 방이었다. 조명이 희미한 방에는 머리가 줄줄이 늘어서 있었다. 기다랗고 가느다란 목 위에 얹힌 머리가 셀 수 없이 많았고, 머리카락도 정말이지 너무 많았다. 머리는 하나같이 벽을 바라보고 있었다. 미자벨은 어쩔 줄 몰라 하며 생각했다.

'만약 날 바라보고 있었다면…….'

미자벨은 너무 무서워 옴짝달싹하지 못하고 금색 곱슬머리, 검은 곱슬머리, 빨간 곱슬머리를 하염없이 바라보았다…….

그동안 스노크메이든은 거실에 맥없이 앉아 있었다.

밈블의 딸이 말했다.

"미자벨은 신경 쓰지 마. 미자벨은 모든 일을 부정적으로 받아들이더라."

"그렇지만 미자벨 말이 맞아."

스노크메이든이 이렇게 중얼거리며 자신의 몸을 내려다보았다.

"나도 옷을 입어야 해……."

밈블의 딸이 말했다.

"그럴 필요 없어. 바보 같은 소리 하지 마."

스노크메이든이 쏘아붙였다.

"넌 옷을 입고 있잖아."

밈블의 딸이 아무렇지 않게 말했다.

"그래. 하지만 난 경우가 다르지. 있잖아, 훔퍼. 넌 스노크메이든이 옷을 입어야 한다고 생각해?"

훔퍼가 대답했다.

"응, 추우면 입어야지."

스노크메이든이 설명했다.

"아니, 아니. 이유 없이 그냥."

훔퍼가 의견을 내놓았다.

"아니면 비가 올 때라든지. 하지만 그때는 비옷을 구해 입는 게 더 현명해."

스노크메이든은 고개를 내저었다. 그러고는 잠깐 시무룩하게 서 있다가 입을 열었다.

"미자벨이랑 화해하러 가야겠어."

스노크메이든은 손전등을 들고 좁은 복도로 발걸음을 옮겼다. 복도에는 아무도 없었다.

스노크메이든이 가만히 중얼거렸다.

"미자벨? 있지, 나는 네 앞가르마가 좋아……."

그러나 미자벨은 대답이 없었다. 스노크메이든은 살짝 열린 문틈으로 새어나오는 가느다란 빛에 이끌려 살금살금 다가가 방 안을 들여다보았다.

안에는 미자벨이 전에 본 적 없는 새로운 머리를 하고 앉아 있었다. 길고 노란 코르크 따개 같은 곱슬머리가 미자벨의 고민 어린 얼굴을 감싸고 있었다.

작은 미자벨은 거울을 보며 한숨을 쉬었다. 그러고는 빨갛고 거친 또 다른 예쁜 가발을 머리에 쓰고 앞머리를 눈까지 끌어내렸다.

이번에도 예뻐 보이지 않았다. 마지막으로 미자벨은 가장 마음에 들어 마지막까지 아껴두었던 곱슬머리 가발을 떨리는 손으로 집어 들었다. 반짝이는 금빛으로 알록달록 화려하게 장식이 되어 있는 새까만 가발은 정말 멋졌다. 미자벨은 숨을 멈추고 가발을 머리에 썼다. 잠시 뒤, 거울을 들여다보았다.

그러더니 미자벨은 곱슬머리 가발을 천천히 벗고 앉아서 고개를 푹 숙였다.

스노크메이든은 아무 소리도 내지 않고 그대로 뒤돌아 복도로 나왔다.

미자벨이 혼자 있고 싶어 한다는 사실을 알아차렸기 때문이었다.

하지만 스노크메이든은 거실로 돌아가지 않았다. 복도를 따라 앞으로 계속 걸었다. 매력적이고 흥미로운 향, 그러니까 파우더의 향을 맡았기 때문이었다. 벽을 위아래로 오가던 작고 둥근 손전등 불빛은 마침내 마법처럼 '의상실'이라는 단어에서 멈추었다.

스노크메이든이 속삭였다.

"옷이네. 드레스야!"

스노크메이든은 문손잡이를 내리고 방 안으로 들어섰다.

스노크메이든의 숨이 턱 막혔다.

"와, 정말 멋지다. 어머, 진짜 예뻐."

드레스, 드레스, 드레스! 족히 수백 벌은 되는 드레스가 끝없이 걸려 있었는데, 눈길이 닿는 저 멀리까지 빽빽이 줄지어 늘어서 있었고, 반짝이는 비단옷, 백조 솜털과 망사로 뭉게구름처럼 만든 드레스, 꽃무늬 실크와 검붉은 벨벳 그리고 등댓불처럼 사방을 반짝반짝 비추는 온갖 색깔 스팽글이 있었다.

스노크메이든은 홀린 듯 가까이 다가갔다. 드레스들을 만지작거리고, 두 팔 가득 끌어안고 냄새를 맡아 보았다. 드레스들은 바스락바스락 소리를 냈고 먼지와 향수 냄새를 풍기며 스노크메이든을 부드럽게 감쌌다. 갑자기 스노크메이든은 드레스를 모조리 놓아 버리고는 잠깐 물구나

무를 섰다.

스노크메이든이 나직이 속삭였다.

"진정해야지……. 진정해야 해. 안 그러면 너무 행복해서 가슴이 터져 버리고 말 거야. 드레스가 이렇게나 많다니……."

저녁을 먹기 전에 미자벨은 슬픈 표정으로 거실 구석에 앉았다.

"여기 있었네."

스노크메이든이 말을 걸며 미자벨의 옆에 앉았다. 미자벨은 딴청을 피우며 아무 대답도 하지 않았다.

스노크메이든이 말했다.

"드레스를 찾았어. 수백 벌이나 찾아서 정말 행복했어."

미자벨은 아무 의미도 없는 소리를 냈다.

스노크메이든은 말을 이어 갔다.

"아마 천 벌은 됐을걸! 난 드레스를 보고 또 보고, 입고 또 입어 봤는데, 그럴수록 점점 슬퍼지기만 했어."

미자벨이 불쑥 말했다.

"그랬구나!"

스노크메이든이 말했다.

"그래, 이상하지 않아? 드레스가 정말이지 너무 많았어. 난 절대로 그 옷을 모조리 입어 볼 수도, 어떤 게 가장 예쁜지 고를 수도 없겠지. 드레스가 무서워질 정도였다니까! 드레스가 두 벌만 있었더라면 더 예쁜 걸 고를 수 있었을 텐데."

미자벨이 기분이 조금 풀려 맞장구쳤다.

"그게 훨씬 나았겠다."

스노크메이든은 말을 끝맺었다.

"그래서 몽땅 내팽개쳐 두고 뛰쳐나와 버렸어."

스노크메이든과 미자벨은 잠시 조용히 앉아 저녁을 차리는 무민마마를 바라보았다.

스노크메이든이 입을 열었다.

"우리가 오기 전에 어떤 가족이 여기에 살았을지 한번 생각 좀 해 봐! 드레스가 수천 벌이나 있다니! 바닥은 뱅글뱅글 돌고, 천장에는 그림이 매달려 있고, 선반에는 온갖 물건이 들어차 있어. 종이로 만든 가구에 제멋대로 내리는 비까지. 도대체 어떤 가족이었을까?"

미자벨은 예쁜 곱슬머리 가발을 떠올리며 한숨을 내쉬었다.

하지만 미자벨과 스노크메이든의 등 뒤, 종이 야자나무를 둘러싼 먼지 쌓인 잡동사니 안에서는 반짝이는 작은 두 눈이 바깥을 주의 깊게 지켜보고 있었다. 그 두 눈은 경멸 어린 눈초리로 미자벨과 스노크메이든을 훑어보고는 거실의 가구로 옮겨 갔고, 죽을 나르는 무민마마에서 멈추었다. 눈동자는 더 까매졌고, 코는 소리 없이 콧방귀를 뀌느라 주름이 졌다.

무민마마가 소리쳤다.

"식사 준비 다 됐단다!"

무민마마는 죽 한 그릇을 가져다 야자나무 밑에 내려놓았다.

모두 뛰어와서 식탁에 둘러앉았다.

무민이 설탕 그릇을 향해 손을 뻗으며 말했다.

"엄마, 엄마 생각에도……."

무민은 말을 멈추고 설탕 그릇을 툭 떨어뜨려 버렸다. 무민이 속삭였다.

"저기요! 저기 좀 봐요!"

모두 돌아보았다. 어두운 구석에서 그림자 하나가 떨어져 나왔다. 잿빛 주름투성이의 무언가가 거실 바닥으로 터벅터벅 걸어 나오더니 햇빛에 눈을 깜빡이고, 콧수염을 부르르 떨고 나서 무민 가족을 쏘아보았다.

나이 많은 극장 쥐가 거들먹거리며 말했다.

"나는 엠마야. 그리고 난 죽을 싫어한다는 사실을 말해 주고 싶군. 너희는 벌써 사흘째 죽만 먹었어."

무민마마가 민망한 듯 말했다.

"내일은 귀리죽을 하려고요."

엠마가 대답했다.

"귀리죽도 질색이야."

무민파파가 말했다.

"엠마, 이쪽에 앉지 않을래요? 우리는 이 집이 버려진 줄 알고……."

엠마가 콧방귀를 뀌며 불쑥 끼어들었다.

"집이라니. 집이라니! 이건 집이 아니야."

엠마는 절뚝거리며 식탁으로 다가갔지만, 자리에 앉지는 않았다.

미자벨이 속삭였다.

"나 때문에 화가 났을까?"

밈블의 딸이 물었다.

"네가 뭘 했는데?"

미자벨은 앞에 놓인 그릇을 내려다보며 중얼거렸다.

"아무것도 안 했어. 그냥 그런 느낌이 들어. 늘 누군가가 나 때문에 화난 느낌이야. 내가 세상에서 가장 훌륭한 미자벨이었다면 모든 게 달랐겠지만……."

"음, 하지만 일단 너 때문은 아닌 것 같아."

밈블의 딸은 이렇게 말하고는 다시 죽을 먹기 시작했다.

무민마마가 물었다.

"엠마의 가족은 무사한가요?"

엠마는 아무 대답이 없었다. 엠마는 치즈를 보았다……. 그러더니 손을 뻗어 치즈를 집어 주머니에 넣었다. 이리저리 오가던 엠마의 눈길이 작은 팬케이크 조각에 박혔다.

"그건 우리 거야!"

미이가 이렇게 소리치더니 깡충 뛰어 팬케이크에 올라앉았다.

밈블의 딸이 미이를 나무랐다.

"그러면 못써."

밈블의 딸은 미이를 옆으로 옮긴 다음, 팬케이크를 털어 내더니 식탁보 밑으로 감추었다.

무민마마가 서둘러 말했다.

"착한 훔퍼. 얼른 식품 저장실로 가서 엠마에게 줄 만한 게 있는지 살펴봐 주겠니?"

훔퍼는 곧장 뛰어나갔다.

엠마가 소리쳤다.

"식품 저장실이라니! 세상에, 식품 저장실이라니! 프롬프터 박스*를 어떻게 식품 저장실로 생각할 수가 있지! 게다가 무대를 거실로, 배경막을 그림으로 생각하다니! 막을 창문 커튼이라고 하질 않나, 소품실을 어떤 아저씨라고 하질 않나!"

엠마는 새빨개진 얼굴을 잔뜩 일그러뜨린 채 계속 소리쳤다.

"천만다행이야! 무대 감독 필리용크가 (고인의 명복을 빕니다.) 너희를 보지 못해서 천만다행이라고! 너희는 연극이 뭔지 전혀, 아무것도 몰라. 티끌만큼도! 티끌의 그림자만큼도 모른다고!"

훔퍼가 말했다.

"아주 오래된 발트해 청어밖에 없던데요. 아님 작은 대서양 청어든가요."

엠마는 훔퍼의 손에서 생선을 낚아채더니 고개를 빳빳

* **프롬프터 박스**_ 객석에서는 막혀 있는 것처럼 보이지만 뒤쪽은 열려 있는 상자로, 배우에게 동작을 지시하거나 대사를 알려 주는 프롬프터가 숨어 있다.—옮긴이

이 쳐들고 터벅터벅 구석으로 돌아갔다. 엠마는 오랫동안 쿵쾅거렸고, 마침내 큰 빗자루를 꺼내 와서는 바닥을 맹렬히 쓸기 시작했다.

무민마마가 걱정스럽게 속삭였다.

"극장이 도대체 뭐예요?"

무민파파가 대답했다.

"글쎄요. 우리가 알아야 할 것 같은데 말이죠."

저녁때, 막 꽃을 피운 마가목의 짙은 향이 거실로 풍겨 왔다. 새들은 지붕 밑에서 거미를 쫓아 날개를 퍼덕거렸고, 미이는 거실 카펫에서 커다랗고 위험한 개미와 맞닥뜨렸다. 무민 가족은 물결에 떠밀려 아무도 모르는 사이에 숲에 가 닿았다. 가족들 모두 흥분을 감추지 못했다. 가족들은 엠마한테 겁먹었던 사실조차 잊어버린 채 재잘거리고 손을 흔들어 대며 물가로 모여들었다.

가족들은 집을 커다란 마가목에 잡아맸다. 무민파파는 고정용 밧줄에 막대기를 매달아 식품 저장실 천장을 뚫어 꽂았다.

엠마가 소리쳤다.

"프롬프터 박스를 망가뜨리지 마! 이게 극장이야, 선착장이야?"

무민파파가 가만히 말했다.

"그래, 엠마가 그렇게 말하는 걸 보니 이건 극장인가 보군요. 하지만 우리는 그게 무슨 뜻인지 전혀 몰라요."

엠마는 아무 대답도 하지 않고 무민파파를 쳐다보았다. 이윽고 엠마는 설레설레 고개를 내젓더니 어깨를 으쓱하고, 짜증스럽다는 듯 콧방귀를 뀌고는 비질을 계속했다.

무민은 큰 나무를 올려다보고 서 있었다. 꿀벌들이 나무에 핀 하얀 꽃들 주위를 윙윙거렸고, 나무줄기에서 둥글게 갈라진 가지가 예쁘게 휘어서 몸집 작은 누군가에게 딱 알맞은 잠자리 같아 보였다.

무민이 불쑥 말했다.

"오늘 밤에는 저 나무에서 자야겠어."

스노크메이든이 뒤이어 말했다.

"나도."

미이가 소리쳤다.

"그럼 나도!"

밈블의 딸이 엄하게 말했다.

"우리는 집 안에서 잘 거야. 저 나무에 개미가 있을지도 몰라. 개미한테 물리면 퉁퉁 부어서 몸이 오렌지보다도 커질걸."

미이가 소리쳤다.

"하지만 나는 커지고 싶어. 커지고싶어커지고싶어커지고싶어!"

밈블의 딸이 말했다.

"그만 좀 해. 안 그러면 그로크가 와서 널 잡아가 버릴 테니까."

무민은 여전히 초록빛 나뭇잎 지붕을 올려다보며 서 있었다. 마치 무민 골짜기의 집을 보고 있는 것만 같았다. 무민은 줄사다리를 떠올리면서 혼자 휘파람을 불기 시작했다.

그러자마자 엠마가 무민 앞으로 달려들어 소리쳤다.

"휘파람 불지 마! 당장 멈춰!"

무민이 물었다.

"왜요?"

엠마가 낮은 목소리로 중얼거렸다.

"극장에서 휘파람을 부는 건 사고가 생겼다는 뜻이야.

도대체 아는 게 없군."

엠마는 빗자루를 털며 그림자 속으로 터벅터벅 걸어가 버렸다. 가족들은 불안한 눈빛으로 엠마의 뒷모습을 보며 잠깐 겸연쩍어했다. 그러고 나서 모두 엠마가 한 말을 까맣게 잊어버렸다.

잠자리에 들 시간이 되자, 무민마마는 이부자리를 나무 위로 끌어올렸다. 그런 다음, 무민과 스노크메이든이 아침에 먹을 작은 도시락을 싸 주었다.

미자벨이 가만히 서서 지켜보았다.

"좋겠다. 나도 나무 위에서 한 번 자 봤으면."

무민마마가 물었다.

"그럼 가서 자면 되잖니?"

미자벨이 부루퉁하게 말했다.

"아무도 날 부르지 않았잖아요."

무민마마가 말했다.

"우리 작은 미자벨, 베개 가지고 애들 옆으로 올라가 보렴."

"아니에요. 이젠 그러고 싶지 않아요."

미자벨은 이렇게 말을 내뱉고 자리를 떠났다. 미자벨은 구석에 앉아 눈물을 흘렸다.

미자벨은 생각했다.

'왜 모든 일이 늘 이런 식인지 모르겠어. 왜 모든 일이 늘 나한테만 이렇게 슬프고 복잡할까.'

하지만 무민마마는 잠들 수가 없었다.

무민마마는 자리에 누워 바닥 밑에서 철벅거리는 물소리를 들으며 이유 없이 불안해졌다. 엠마가 혼자 중얼거리며 벽을 따라 이리저리 터벅터벅 걷는 발소리가 들렸다. 숲 속에서는 낯선 동물이 울고 있었다.

무미마마가 속삭였다.

"여보."

무민파파가 베개에 머리를 파묻은 채 대답했다.

"음."

"왠지 좀 불안해요."

"다 잘될 거예요."

무민파파는 이렇게 중얼거리고는 다시 잠들었다.

무민마마는 누운 채 잠깐 숲을 바라보았다. 하지만 무민마마도 조

금씩 잠에 빠져들었고, 거실은 밤에 잠겼다.

한 시간쯤 지난 뒤였다.

잿빛 그림자가 살금살금 바닥을 가로질러 가더니 식품 저장실 옆에 멈추어 섰다. 엠마였다. 엠마는 늙어빠진 팔다리에 분노를 끌어모아 무민파파가 식품 저장실 천장에 꽂았던 막대기를 뽑아냈다. 그리고 막대기와 밧줄을 물속 저 멀리로 던져 버렸다.

엠마가 중얼거렸다.

"프롬프터 박스를 망가뜨리다니!"

엠마는 탁자 옆을 지나가다 설탕 통을 집어 주머니에 욱여넣고 구석진 잠자리로 돌아갔다.

잡아맸던 밧줄에서 벗어나자마자 집은 흐르는 물결을 따라 떠내려가기 시작했다. 활 모양으로 휘어진 나무줄기 사이에서 푸르고 붉은 불빛이 잠깐 반짝였다.

잠시 뒤 그나마도 사라졌고, 회백색 달빛만이 남아 숲을 밝혔다.

제5장

극장에서 휘파람을 불면 일어나는 일

스노크메이든은 추위에 떨며 잠에서 깼다. 앞머리가 축축하게 젖어 있었다. 안개는 나무 사이사이에 넓은 장막을 드리우며 떠다녔고, 멀리 보이는 곳은 온통 희미했으며 잿빛 장벽 속으로 사라지고 있었다. 나무줄기는 물에 젖어 새까매졌지만, 이끼는 새하얘져서 어디에나 고운 장미 무늬로 수를 놓았다.

스노크메이든은 머리를 베개에 더 깊숙이 파묻고 기분 좋은 꿈을 계속 이어서 꾸려고 했다. 꿈에 스노크메이든은 코가 아주 작았고, 아주 예뻤다. 하지만 더는 잠이 오지 않았다.

갑자기 스노크메이든은 무언가 이상하다는 느낌이 들었다.

스노크메이든은 벌떡 일어나 주위를 둘러보았다.

나무와 안개와 물뿐이었다. 집은 보이지 않았다. 집은 없어졌고 무민과 스노크메이든만 남겨졌다. 잠깐 동안 스노크메이든은 멍하니 앉아 있었다.

그러더니 스노크메이든은 몸을 숙여 무민을 가만히 흔들었다.

스노크메이든이 속삭였다.

"날 지켜 줘. 무민, 날 지켜 달라고!"

잠에 취한 무민이 말했다.

"새로운 놀이야?"

스노크메이든이 겁에 질려 새까매진 눈으로 무민을 바라보았다.

"아니, 진짜야."

무민과 스노크메이든의 주위에서 물방울이 검은 물속으로 똑똑똑 구슬프게 떨어졌다. 꽃잎은 밤사이 모두 떨어져 버렸다. 날은 추웠다.

둘은 꼭 붙어 앉아 오랫동안 꼼짝 않고 있었다. 스노크메이든은 베개에 얼굴을 묻고 조용히 울음을 터뜨렸다.

마침내 자리에서 일어난 무민은 마지못해 나뭇가지에서 아침 식사가 든 바구니를 가져왔다.

바구니 안에는 작은 샌드위치가 종류별로 두 개씩 얇은 종이로 깔끔하게 포장되어 한가득 담겨 있었다. 무민은 샌드위치를 모두 꺼내 한 줄로 늘어놓았지만 입맛이 없었다.

그때 무민은 무민마마가 샌드위치 포장지에 적어 놓은 짧은 글을 보았다. 포장지마다 '치즈' 또는 '버터만' 또는 '비싼 소시지' 또는 '좋은 아침'이라고 적혀 있었다! 마지막으로 무민마마는 '이건 아빠가'라고 적어 놓았다. 거기에는 무민파파가 올봄부터 아껴 두었던 바닷가재가 담긴 통이 있었다.

무민은 단박에 이 모든 상황이 아주 위험하지만은 않다는 생각이 들었다.

무민이 말했다.

"스노크메이든, 이제 그만 울고 샌드위치 먹자. 그러고 나서 이 숲을 가로질러 떠나야지. 그리고 앞머리 좀 빗어 봐. 난 네 예쁜 모습을 보는 게 좋으니까!"

하루 종일 무민과 스노크메이든은 이 나무에서 저 나무로 옮겨 다녔다. 저녁나절이 되어서야 처음으로 물속에 비치는 초록빛 이끼를 보았고, 이끼는 조금씩 수면과 가까워

지더니 단단한 땅이 되었다.

다시 땅을 딛고 서서 부드럽고 깨끗한 이끼밭에 발이 빠지는 느낌이 얼마나 좋았는지 모른다! 숲은 전나무로 가득했다. 고요한 저녁 어둠 속에서 뻐꾸기들이 뻐꾹뻐꾹 울었고, 모기들은 전나무 밑에서 떼 지어 춤추었다. (다행히 모기들은 무민의 살가죽을 뚫고 물지 못했다.)

무민은 이끼밭 위에 몸을 쭉 뻗고 누웠다. 등 밑을 흐르고 또 흐르는 물결을 따라 머리도 온통 불안하게 흔들린다는 생각을 하고 있을 때였다.

스노크메이든이 속삭였다.

"네가 날 납치했다고 상상하는 놀이할래."

무민이 다정하게 대답했다.

"응, 내가 그랬어. 넌 마구 소리쳤지만, 난 그냥 납치해 버렸지."

태양은 이미 저물었지만, 지금은 6월이었고 이야기할 어둠은 없었다. 밤은 창백했고 꿈결 같았으며 마법으로 가득 차 있었다.

전나무 밑에서 불꽃이 반짝하더니 불이 붙었다. 전나무 잎과 나뭇가지로 피워 올린 작은 모닥불이었고, 작고 별난 녀석들이 전나무 방울을 불에 굴려 넣으려고 용을 쓰는 모습이 아주 잘 보였다.

스노크메이든이 말했다.

"걔들한테는 하짓날* 모닥불이 있네."

무민이 침울하게 대답했다.

"그러네. 지금이 하지절 밤이라는 사실도 잊어버리고 있었어."

* **하짓날**(Midsommar)_ 백야(白夜)가 있는 북유럽에서는 하지가 크고 중요한 명절이다.—옮긴이

그리움이 파도처럼 무민과 스노크메이든을 덮쳤다. 둘은 이끼밭에서 일어나 숲 속으로 더 깊이 들어갔다.

이맘때쯤 무민파파는 늘 무민 골짜기의 집에 사과와인을 준비했다. 하짓날 모닥불은 바닷가에 피웠고, 골짜기와 숲을 기어 다니는 모든 녀석이 몰려 나와 구경했다. 먼 바닷가와 섬에서도 모닥불이 타올랐지만, 항상 무민 가족의 모닥불이 가장 컸다. 모닥불이 가장 높이 타오를 때 무민은 따뜻한 물속에 누워 너울에 몸을 맡긴 채 둥둥 떠다니며 모닥불을 바라보곤 했다.

무민이 말했다.

"모닥불이 바다에 비쳤어."

스노크메이든도 말했다.

"맞아. 그리고 모닥불이 다 탄 뒤에 서로 다른 꽃 아홉 송이를 따서 베개 밑에 넣고 잠들면 꿈속에서 보았던 모든 일이 그대로 이루어졌어. 하지만 꽃을 딸 때도 그 뒤에도 한마디도 하면 안 돼."

무민이 물었다.

"진짜 꿈을 꿨어?"

스노크메이든이 대답했다.

"당연하지. 늘 재미있었고."

주위에 전나무가 점점 드문드문해지더니, 갑자기 좁은

골짜기가 나타났다. 골짜기 사이 빈터는 그릇 속에 담긴 우유처럼 곱고 희미한 밤안개로 가득 차 있었다.

무민과 스노크메이든은 겁이 나서 숲 가장자리에 멈추어 섰다. 안개 사이로 굴뚝과 현관 기둥 주위를 나무 덩굴이 에워싼 작은 집이 어슴푸레하게 보였다.

안개 속에서 딸랑거리는 종소리가 들렸다. 이윽고 조용해졌고, 잠시 뒤 다시 딸랑거렸다. 하지만 굴뚝에서 연기가 솟아오르지도, 창문에서 불빛이 새어나오지도 않았다.

이 모든 일이 일어나는 동안 떠다니는 집에서는 더없이 슬픈 아침을 맞이했다. 무민마마는 식사를 걸렀다. 그저 흔들의자에 앉아서 계속 되뇌기만 했다.

"사랑하는 우리 아가, 작고 불쌍한 우리 아가! 나무에 외따로 남겨지다니! 두 번 다시 집으로 돌아오지 못하겠지! 밤이 오고 올빼미들이 울면 어떨지 생각만 해도……."

훔퍼가 위로했다.

"올빼미는 8월은 돼야 울잖아요."

무민마마가 흐느끼며 말했다.

"그게 무슨 대수니. 숲에는 늘 끔찍한 뭔가가 울잖니."

무민파파는 식품 저장실 천장에 난 구멍을 슬픈 눈으로 쳐다보고 있었다.

무민파파가 말했다.

"다 내 탓이야."

무민마마가 말했다.

"여보, 그런 말은 하지 말아요. 썩어빠진 막대기인 줄 누가 알았겠어요. 무민이랑 스노크메이든은 집을 찾아 돌아올 수 있어요! 틀림없이 돌아온다고요!"

미이가 말했다.

"누가 걔들을 잡아먹지 않았다면 말이지. 아마 개미한테 너무 많이 물려서 이제 오렌지보다도 커졌을걸!"

밈블의 딸이 말했다.

"저쪽 가서 놀아. 안 그럼 후식은 없어!"

미자벨은 까만 옷으로 갈아입었다.

구석에 앉은 미자벨이 목 놓아 울었다.

훔퍼가 안쓰럽다는 듯 물었다.

"무민이랑 스노크메이든 때문에 그렇게나 슬퍼?"

미자벨이 대답했다.

"그건 아니고, 조금. 하지만 울 이유가 생겼으니까 다른 울 만한 일까지 미리 울어 두려고!"

훔퍼는 그 말을 이해하지 못한 채 대답했다.

"그래, 그래."

훔퍼는 어쩌다 사고가 일어났는지 따져 보았다. 식품 저장실 천장에 난 구멍부터 거실 바닥까지 모조리 살펴보기도 했다. 하지만 훔퍼가 찾은 것이라곤 카펫 밑에 있는 출입구뿐이었다. 출입구는 집 밑에서 콸콸대며 흘러가는 새까만 물 쪽으로 곧장 나 있었다. 훔퍼는 출입구가 무척 흥미로웠다.

훔퍼가 말했다.

"쓰레기를 내려 보내는 장치겠지. 아니면 수영장일까? 설마 악당을 던져 버리려고 만들어 놓지는 않았겠지?"

하지만 훔퍼가 찾은 출입구는 아무도 신경 쓰지 않았다. 미이만 납작 엎드려 물속을 들여다보았다.

미이가 말했다.

"악당한테 안성맞춤이네. 어떤 악당들한테나 잘 어울리는 비밀 문이야!"

미이는 하루 종일 출입구에 엎드린 채 악당이 오는지 지켜보았지만 안타깝게도 단 한 명도 보지 못했다.

나중에 아무도 훔퍼를 나무라지 않았다.

일은 저녁을 먹기 바로 전에 벌어졌다.

엠마는 하루 종일 나타나지 않더니, 밥 먹을 때조차도 얼굴을 내비치지 않았다.

무민마마가 말했다.

"엠마가 어디 아픈가 보구나."

밈블의 딸이 말했다.

"그럴 리 없어요! 설탕을 너무 많이 훔쳐 가서 이제는 설탕만 먹기로 했나 보죠!"

무민마마가 피곤하다는 듯 말했다.

"엠마가 아픈지 가서 좀 봐 주렴."

밈블의 딸은 엠마가 늘 숨어 있던 구석으로 가서 말했다.

"훔쳐 간 설탕 때문에 배가 아프냐고 무민마마가 물어보시는데요?"

엠마는 콧수염을 곤두세웠다.

하지만 엠마가 뭐라 대답할 말을 찾기도 전에 쾅하는 소리와 함께 온 집이 무시무시한 충격을 받아 덜컹거렸고, 한쪽 바닥이 번쩍 들렸다.

훔퍼는 식탁에 놓여 있던 자기그릇들이 쏟아질 때 휘청거리며 안으로 들어왔고, 천장에 매달려 있던 그림이 펄럭거리며 한꺼번에 모조리 떨어져서 거실을 온통 뒤덮었다.

벨벳 커튼에 깔린 무민파파의 고함 소리가 먹먹하게 들렸다.

"우리 집이 좌초됐어!"

밈블의 딸이 소리쳤다.

"미이! 미이, 어디 있어? 대답해!"

미이도 이번만큼은 대답하고 싶었지만 그럴 수가 없었다.

출입구에 있던 미이가 새까만 물속으로 굴러떨어져 버렸기 때문이었다.

갑자기 끽끽거리는 끔찍한 소리가 들렸다. 엠마의 웃음소리였다.

엠마가 말했다.

"하, 극장에서 휘파람을 부니까 그렇지!"

제6장

공원 관리인을 혼쭐내는 방법

미이가 조금만 더 컸더라면 틀림없이 물에 빠져 죽었으리라. 미이는 소용돌이 사이를 거품처럼 가볍게 통통거리며 뛰어다니다 물을 튀기고 내뿜으며 수면 위로 올라왔다. 물결은 코르크 마개처럼 물 위로 둥둥 뜬 미이를 이끌고 재빨리 앞으로 나아갔다.

미이가 혼잣말했다.

"이거 재밌는데. 언니가 알면 깜짝 놀라겠지."

미이는 주위를 둘러보다가 케이크 접시와 무민마마의 반짇고리를 발견했다. 잠깐 망설인 끝에 (접시에 쿠키 몇 조각이 남아 있었기 때문이었다.) 반짇고리를 골라 그 안으로 기어 들어갔다.

미이는 오랫동안 반짇고리 안을 뒤적거리더니 실타래 몇 개를 차분히 잘랐다. 그러고는 앙고라 실타래 속에 웅크린 채 잠이 들었다.

반짇고리는 흘러가고 또 흘러갔다. 반짇고리는 집이 좌초되었던 만(灣)으로 다시 흘러갔고, 출렁거리며 갈대밭 쪽으로 흘러간 끝에 결국 진창에 박혔다. 하지만 미이는 잠에서 깨지 않았다. 홱 날아든 낚싯바늘이 반짇고리에 걸렸을 때도 여전히 잠들어 있었다. 낚싯줄이 팽팽해졌고, 반짇고리가 조심스럽게 움직이기 시작했다.

사랑하는 독자들이여, 이제 깜짝 놀랄 준비를 하시라. 우연의 일치란 얼마나 신기한지 모른다. 하짓날 저녁, 무민 가족과 스너프킨은 서로 무슨 일을 하고 있는지도 모른 채 마침 우연히도 같은 만에 있었다. 바로 그 스너프킨이 낡은 초록색 모자를 쓰고 물가에 서서 반짇고리를 내려다보았다.

"여기 있는 게 작은 밈블이라는 데 내 모자를 걸겠어."

스너프킨은 이렇게 말하고 파이프를 입에서 뗐다. 그러고는 코바늘로 미이를 간지럽히며 다정하게 말했다.

"무서워하지 마!"

Tove

"난 개미도 무섭지 않아."

미이가 이렇게 대답하고는 발딱 일어나 앉았다.

스너프킨과 미이는 서로를 바라보았다.

마지막으로 둘이 만났을 때는 미이가 너무 작아서 거의 보이지도 않았기 때문에 서로 알아보지 못해도 전혀 이상하지 않았다.

스너프킨이 귀 뒤를 긁적이며 말했다.

"그래, 그렇다 치고, 꼬맹아."

미이가 말했다.

"너나 그렇다 쳐!"

스너프킨은 한숨을 내쉬었다. 스너프킨에게는 아주 중요한 일이 남아 있었고, 더구나 무민 골짜기로 돌아가기 전에 얼마 동안은 혼자 지내고 싶었다. 그런데 때맞춰 조심성 없는 어떤 밈블이 아이를 반짇고리에 넣어 떠다니게 내버려 두다니. 그냥 이렇게 덩그러니.

스너프킨이 물었다.

"엄마는 어디 계셔?"

미이가 장난을 쳤다.

"잡아먹혔어. 먹을 거 없어?"

스너프킨은 파이프로 저쪽을 가리켰다. 모닥불 위에 완두콩이 가득 든 작은 냄비가 보글보글 끓고 있었다. 그 옆

냄비에는 뜨거운 커피가 있었다.

스너프킨이 말했다.

"그렇지만 너는 우유만 마시겠지?"

미이가 어림없다는 듯 웃음을 터뜨렸다. 미이는 눈 하나 깜짝하지 않고 커피를 찻숟가락 가득 두 번이나 들이켰고, 완두콩을 자그마치 네 알이나 통째로 먹었다.

스너프킨은 모닥불에 물을 뿌린 뒤 말했다.

"그럼 이제?"

미이가 말했다.

"이제 다시 자고 싶어. 나는 주머니 속에서 가장 잘 자."

"아하."

스너프킨이 이렇게 대꾸하더니 미이를 주머니에 집어넣었다.

"내가 뭘 하고 싶은지 아는 게 가장 중요하지."

스너프킨은 앙고라 실타래를 주머니에 넣어 주었다.

그런 다음, 스너프킨은 바닷가 풀숲을 넘어 앞으로 나아갔다.

큰 파도는 만에 들어오면서 기운이 빠졌고, 이제 이곳에는 여름다운 여름이 찬란하게 빛나고 있었다. 화산이 불기운을 내뿜었던 흔적은 화산재 구름과 스너프킨이 종종 궁금해했던 검붉게 빛나는 아름다운 노을에만 남았다. 무민 골짜기에 있던 친구들에게 어떤 일이 일어났는지는 꿈에도 모르고 스너프킨은 그저 친구들이 베란다에 편안히 앉아 하짓날을 보내고 있겠다고 생각했다.

가끔 스너프킨은 무민이 기다리고 있다는 생각도 했다. 하지만 돌아가기 전에 공원 관리인과 해결해야 할 큰일이 남아 있었다. 그리고 그 큰일은 하짓날 밤에만 할 수 있었다.

내일이면 모두 끝날 일이었다.

스너프킨은 하모니카를 꺼내 무민과 오래전부터 부르던 노래인 〈작은 동물들은 모두 꼬리에 장미 모양 리본을 달지〉를 연주하기 시작했다.

미이가 곧장 일어나 주머니 밖으로 고개를 내밀었다.

"나도 그 노래 부를 줄 알아!"

그러더니 미이는 모기처럼 앵앵거리는 목소리로 노래를 부르기 시작했다.

……리본 달고 리본 달고 꼬리에 달고
모든 헤물렌은 왕관과 화관 쓰고
달이 내려갈 때 훔퍼는 춤을 추고
작은 미자벨 노래 불러 더는 슬퍼 마!
빨간 튤립들은 스너프킨 집 주위에

아침의 황홀한 빛 받으며 흔들리고
반짝이는 밤하늘은 천천히 사라지고
밈블은 혼자 가서 모자를 찾는구나!

스너프킨이 깜짝 놀라 말했다.

"이 노래 어디서 들었어? 거의 틀리지도 않았어. 너 참 이상한 꼬맹이구나."

미이가 말했다.

"그건 틀림없어. 게다가 난 비밀도 있어."

"비밀?"

"그래, 비밀. 천둥이 아닌 천둥이랑 뱅글뱅글 도는 거실 이야기지. 하지만 말하지 않을 거야!"

스너프킨이 말했다.

"나도 비밀이 있어. 내 배낭에 들어 있지. 조금 있으면 너도 볼 수 있어. 내가 어떤 악당하고 해묵은 일을 끝장내 버릴 테니까!"

미이가 물었다.

"커? 아니면 작아?"

스너프킨이 말했다.

"작아."

미이가 말했다.

"그거 좋네. 쉽게 끝장낼 수 있는 작은 악당이 훨씬 나으니까."

미이는 만족스럽게 앙고라 실타래 속으로 다시 파고들었고, 스너프킨은 긴 울타리를 따라 조심스럽게 앞으로 걸어갔다. 울타리 여기저기 걸려 있는 표지판에는 이렇게 적혀 있었다.

공원 출입 엄금

공원에는 남자 관리인과 여자 관리인이 같이 살고 있었다. 둘은 나무를 모조리 둥글거나 네모나게 깎고 껍질을 벗겨 냈고, 길이란 길은 모두 지휘봉처럼 일직선으로 냈다. 풀 한 포기라도 고개를 들라치면 곧장 잘려 나가기 일쑤였기 때문에 다시 자라려고 용을 써야 했다.

잔디밭은 높은 울타리가 둘러싸고 있었고, 울타리 곳곳에는 무엇을 금지한다는 글자가 검은색으로 큼지막하게 적혀 있었다.

이 끔찍한 공원에는 누군가 어떤 이유로 잊어버렸거나 잃어버린 작고 의기소침한 꼬마들 스물네 명이 날마다 들락거렸다. 이 털북숭이 숲의 꼬마들은 원래 가지고 놀아야 할 놀이 기구나 모래 상자는 좋아하지 않았고, 나무를 기어오르고, 물구나무를 서고, 잔디밭을 가로질러 달리고 싶어 했다…….

하지만 남자 관리인과 여자 관리인은 꼬마들이 왜 그러는지 이해하지 못한 채 모래 상자 양 끄트머리에 앉아 지켜보기만 했다.

자그마한 꼬마들이 무엇을 어쩌겠는가? 꼬마들은 그 둘을 모래에 파묻어 버리고 싶은 마음이 굴뚝 같았지만, 그러기에는 너무도 작았다.

바로 이 공원으로 주머니 속 미이와 함께 스너프킨이 왔다. 스너프킨은 울타리 주위를 살금살금 돌면서 오래된 적수인 공원 관리인을 훔쳐보았다.

미이가 물었다.

"저자를 어쩔 작정이야? 매달아 버리나? 삶아 버리나? 아니면 박제로 만들어 버리나?"

"겁줘야지!"

스너프킨이 이렇게 말을 내뱉고는 파이프를 더 꽉 깨물었다.

"내가 정말 싫어하는 건 세상에 단 하나뿐인데, 그게 바로 저 공원 관리인이야. 저자의 금지 표지판을 모조리 뜯어내 버리겠어!"

스너프킨은 배낭을 뒤져 커다란 봉투를 꺼냈다. 봉투 안에는 하얗고 윤이 나는 작은 씨앗이 가득 들어 있었다.

미이가 물었다.

"그게 뭐야?"

스너프킨이 대답했다.

"해티패티 씨앗이야."

미이가 놀라워하며 말했다.

"오호라, 해티패티들이 씨앗에서 나온다 이거지?"

스너프킨이 말했다.

"응, 해티패티들은 그래. 하지만 꼭 하짓날 밤에 심어야 해."

스너프킨은 울타리 틈새로 씨앗을 잔디밭에 조심스럽게 던져 넣기 시작했다. 온 공원을 다 돌며 팔이 닿는 모든 곳에 해티패티 씨앗을 뿌렸다. (돋아나면서 손이 서로 얽히지 않도록 드문드문 뿌렸다.) 봉투를 비운 다음, 스너프킨은 앉아서 기다렸다.

태양은 저물고 있었지만 날은 여전히 따뜻했고 해티패티들이 돋아나기 시작했다.

가지런히 정돈된 잔디밭 여기저기에서 흰주름버섯을 닮은 작고 하얗고 동그란 무언가가 솟아났다.

스너프킨이 말했다.

"저기 좀 봐. 조금 있으면 땅속에서 눈도 나올걸!"

정말 그랬다. 잠시 뒤, 하얀 머리에 동그란 두 눈이 나타났다.

스너프킨이 설명했다.

"해티패티들은 갓 나왔을 때 특히 전기가 강해. 봐, 이제 손이 나와!"

이제 해티패티들은 부스럭 소리를 낼 만큼 자라났다. 공원 관리인은 꼬마들을 보느라 전혀 알아차리지 못했다. 잔디밭에 해티패티가 수백 마리나 돋아났다. 이제 해티패티들은 발만 땅에 붙이고 있었다. 유황과 고무 타는 냄새가 공원에 퍼졌다. 여자 관리인은 킁킁거리며 냄새를 맡았다.

여자 관리인이 말했다.

"이게 무슨 냄새지? 얘들아, 너희한테 나는 냄새니?"

이제 땅에서 약한 전류가 이리저리 흐르기 시작했다.

공원 관리인은 불안해져서 두 발을 바꿔 가며 풀쩍풀쩍 뛰기 시작했다. 그러자 제복 단추들이 가볍게 탁탁거렸다.

갑자기 여자 관리인이 소리를 지르며 긴 의자 위로 풀쩍 뛰어올랐다. 여자 관리인은 떨리는 손가락으로 잔디밭을 가리켰다.

다 자란 해티패티들이 전기가 통하는 제복 단추에 홀려

Tove

공원 관리인을 향해 사방에서 사납게 몰려들고 있었다. 번쩍이는 작은 번개가 공중에 가득 차자, 단추가 점점 더 세게 탁탁거렸다. 갑자기 공원 관리인의 귀가 빛나기 시작했다. 이윽고 머리카락이 반짝이기 시작했고, 얼마 지나지 않아 코도 빛나더니 갑자기 온몸에서 빛을 내기 시작했다! 공원 관리인은 태양처럼 빛을 내뿜으며 해티패티 무리에 쫓겨 출입구를 향해 뛰었다.

여자 관리인은 벌써 울타리를 기어올라 넘고 있었다. 너무 놀라서 어쩔 줄 몰라 하는 숲의 꼬마들만 모래 상자에 남았다.

미이가 흥분해서 소리를 질렀다.

"진짜 멋져!"

스너프킨이 모자를 살짝 들어 올리며 말했다.

"자! 이제 우리가 표지판을 몽땅 뜯어내 버리면 풀도 마음껏 자랄 수 있어!"

이제껏 스너프킨은 세상에서 가장 싫어하는 금지 표지판을 모조리 뜯어내고 싶어 안달이 났었고, 그래서 지금 스너프킨은 흥분과 기대로 가슴이 떨렸다. 스너프킨은 '금연'부터 시작했다. 그다음으로 '잔디밭에 앉지 마시오'를 움켜쥐었다. 그리고 '웃거나 휘파람 불지 마시오'에 달려들었고, '깡충 뛰기 금지'를 세상 끝으로 날려 버렸다.

숲의 꼬마들은 스너프킨을 쳐다보고 있었는데, 보면 볼수록 더 놀랐다.

숲의 꼬마들은 점점 스너프킨이 자신들을 구하고 있다고 믿기 시작했다. 숲의 꼬마들은 모래 상자를 떠나 스너프킨의 주위로 모였다.

스너프킨이 말했다.

"꼬맹이들아, 집으로 가. 너희가 가고 싶은 데로 가라고!"

하지만 숲의 꼬마들은 떠나지 않았고, 스너프킨이 어딜 가든 계속 따라다녔다. 마지막 표지판까지 던져 버린 스너프킨이 배낭을 집어 들고 길을 나서려 하자, 꼬마들도 따라 나섰다.

스너프킨이 말했다.

"저리 가, 꼬맹이들아. 집에 있는 엄마한테 가!"

미이가 말했다.

"애들한테는 엄마가 없을걸."

스너프킨이 끔찍하다는 듯이 말했다.

"하지만 난 아이들하고 지내 본 적 없어! 내가 아이들을 좋아하는지도 모르겠고!"

미이가 씩 웃으며 말했다.

"애들은 좋아하는 것 같은데."

스너프킨은 발밑에 서서 자신을 가만히 우러러보고 있

는 무리를 내려다보았다.

스너프킨이 말했다.

"너 하나로도 차고 넘치는데. 그래, 그럼 같이 가자. 앞으로는 엉망진창이 되겠군!"

스너프킨은 작고 진지한 꼬마들 스물네 명을 이끌고 수풀을 가로질러 길을 계속 나아갔고, 그러는 동안에도 만약 꼬마들이 배고파지거나 발이 젖거나 배가 아프면 어떻게 해야 좋을지 몰라 눈앞이 캄캄했다.

제7장

위험한 하짓날 밤

하짓날 밤 10시 반, 스너프킨이 숲의 꼬마들 스물네 명을 위해 전나무 가지로 오두막을 짓고 있던 바로 그때, 무민과 스노크메이든은 숲의 다른 쪽에서 귀를 기울인 채 가만히 서 있었다.

안개 속에서 딸랑거리던 종소리가 더는 들려오지 않았다. 숲은 잠들었고 작은 집은 새까만 창문으로 무민과 스노크메이든을 서글프게 바라보고 있었다.

하지만 집 안에서는 필리용크가 앉아서 똑딱똑딱 시간 가는 소리를 듣고 있었다. 가끔 창문으로 가서 환한 밤을 내다보았는데, 그때마다 필리용크의 모자 꼭지에 달린 방울이 딸랑거렸다. 평소에는 방울이 딸랑거리는 소리를 들으면 기분이 상쾌해졌지만, 오늘 저녁에는 더 슬퍼지기만 했다. 필리용크는 한숨을 내쉬고 자리에 앉았다 일어섰다 안절부절못하며 집 안을 이리저리 헤매고 다녔다.

식탁에는 필리용크가 차려 놓은 접시들과 잔 세 개와 꽃다발이 있었고, 벽난로 안에는 너무 오래 기다린 나머지 새까매진 팬케이크도 있었다.

필리용크는 시계를 보았고, 문에 걸린 나무 덩굴을 보았고, 거울에 비친 자기 모습을 보더니 식탁에 엎드려 울음을 터뜨렸다. 필리용크의 모자가 얼굴 쪽으로 내려오면서 방울이 또 딸랑거렸고, (딱 한 번 딸랑하며 작고도 구슬프게 울렸다.) 눈물이 빈 접시로 천천히 떨어졌다.

필리용크로 살기란 늘 쉽지만은 않았다.

그때 누군가 문을 똑똑 두드렸다.

필리용크는 벌떡 일어나 얼른 코를 푼 다음, 문을 열었다.

필리용크가 실망해서 내뱉었다.

"아."

스노크메이든이 말했다.

"즐거운 하짓날이야!"

당황한 필리용크가 말했다.

"고마워. 정말 고마워. 정말 친절하구나. 고마워. 즐거운 하짓날이야!"

무민이 말했다.

"우리는 그냥 어떤 집 이야기를 물어보러 왔어. 그게 그러니까, 얼마 전에 이 주위에서 극장을 본 적 있어?"

필리용크가 미심쩍게 되물었다.

"극장? 아니, 그 반대야. 그러니까 내 말은, 극장 말고 다른 건 다 봤다고."

잠시 침묵이 감돌았다.

무민이 말했다.

"그렇구나. 그럼 우리는 가 볼게."

스노크메이든은 잘 차려진 식탁과 문에 걸린 나무 덩굴을 보았다.

스노크메이든이 친근하게 말했다.

"즐거운 잔치가 되길 바랄게."

그러자 필리용크가 얼굴을 찌푸리더니 다시 울음을 터뜨리고 말았다.

"잔치는 열리지 않을 거야! 팬케이크는 시커멓게 타 버렸고 꽃은 시들었고 시간은 다 됐는데 아무도 오지 않았어. 다들 올해도 오지 않겠지! 가족애라곤 눈곱만큼도 없다니까!"

무민이 달래듯이 물었다.

"누군데 오질 않는 거야?"

필리용크가 소리쳤다.

"음, 삼촌이랑 숙모야! 해마다 하짓날 초대장을 보냈는데 한 번도 온 적이 없어."

무민이 말했다.

"그럼 다른 누구를 초대하면 되잖아."

필리용크가 설명했다.

"다른 친척은 없거든. 그리고 명절 때는 당연히 친척들을 저녁 식사에 초대해야 하잖아?"

스노크메이든이 물었다.

"그러면 너는 재미있다는 생각도 하지 않아?"

"당연하지."

필리용크는 지친 듯이 이렇게 대답하고는 식탁 앞에 털썩 앉았다.

"우리 삼촌이랑 숙모는 친절한 구석이라고는 눈곱만큼도 없어."

무민과 스노크메이든이 필리용크의 옆에 앉았다.

스노크메이든이 말했다.

"그러면 삼촌이랑 숙모도 재미없어하지 않으실까? 그 대신 친절한 우리를 초대하면 어때?"

필리용크가 깜짝 놀라 물었다.

"뭐라고?"

누가 봐도 필리용크는 고민하고 있었다.

갑자기 필리용크의 모자 꼭지가 천천히 올라가기 시작했고, 방울이 즐겁게 딸랑거렸다.

필리용크가 천천히 말했다.

"아무도 재미있어하지 않는다면 여기에 꼭 초대할 필요는 없지?"

스노크메이든이 말했다.

"그럼, 절대로 그럴 필요 없지."

"내 남은 시간을 좋아하는 누군가랑 즐겁게 보내도 아무도 슬퍼하지 않겠지? 친척이 아닌데도?"

무민이 자신있게 말했다.

"아무도 슬퍼하지 않아."

그러자 마음이 놓인 필리용크는 얼굴빛이 환해졌다.

필리용크가 말했다.

"너무 간단하잖아? 아, 정말 홀가분해. 이제 내 머리털 나고 처음으로 즐거운 하짓날을 보내게 될 테니까 다 같이 기념할 만한 일을 하자! 부탁인데, 뭔가 흥미진진한 일에 제발 나도 끼워 줘!"

하지만 하짓날은 필리용크의 기대보다 훨씬 흥미진진했다.

"엄마와 아빠를 위해 건배!"

무민은 이렇게 말하고 나서 잔을 비웠다. (그리고 바로 그때, 무민파파는 극장에 앉아 아들을 위해 잔을 들었다. 무민파파는 엄숙하게 말했다. "무민이 무사히 돌아오기를. 스노크메이든과 미이를 위하여!")

모두 배부르고 즐거웠다.

필리용크가 말했다.

"이제 하짓날 모닥불을 피우자."

필리용크는 등불을 끄고 성냥을 주머니에 넣었다.

바깥 하늘은 여전히 밝아서 땅에 자라는 풀이파리 하나하나까지 모두 헤아릴 수 있었다. 태양이 방금 모습을 감춘 전나무 꼭대기 뒤로 내일을 기다리는 붉은빛이 머물고 있었다.

무민과 스노크메이든과 필리용크는 고요한 숲을 가로질러 밤빛이 더 밝게 비쳐드는 바닷가 수풀로 갔다.

필리용크가 말했다.

"오늘 밤에는 꽃에서 이상한 향기가 나네."

풀밭 너머에서 고무 타는 냄새가 풍겨 왔다. 잔디밭에서는 탁탁 전기 튀는 소리가 들렸다.

무민이 깜짝 놀라 말했다.

"해티패티 냄새야. 그렇지만 해티패티들은 이맘때쯤이면 늘 항해하지 않나?"

그때 스노크메이든이 무언가를 밟고 휘청했다.

스노크메이든이 소리 내어 읽었다.

"'깡충 뛰기 금지'. 이상하네! 여기 좀 봐. 버려진 표지판이 엄청 많아."

필리용크가 소리쳤다.

"뭐든 해도 된다니, 정말 멋져! 정말 멋진 밤이야! 표지판을 몽땅 태워 버릴까? 표지판을 장작 삼아 모닥불을 피우고 다 탈 때까지 그 주위에서 춤추면 어떨까!?"

하짓날 모닥불이 타올랐다. 불꽃은 '노래 부르지 마시오', '꽃을 꺾지 마시오', '잔디밭에 앉지 마시오' 등이 적힌 표지판에 달려들어 활활 타올랐다…….

불은 검은색으로 큼지막하게 적힌 글자들 위에서 즐겁게 탁탁 소리를 냈고, 불꽃은 밝은 밤하늘을 향해 날아올랐다. 저 멀리 수풀 너머까지 자욱하게 피어오른 연기는 공중에 뜬 하얀 카펫 같았다. 필리용크는 노래를 불렀다. 모닥불 주위에서 가느다란 다리로 춤추며 나뭇가지로 불

씨를 두드려 대기까지 했다.

필리용크가 노래를 불렀다.

"삼촌은 이제 그만. 숙모도 이제 그만! 이제는 다 그만! 짠짜라 짠짠짠!"

무민과 스노크메이든은 나란히 앉아 평화롭게 모닥불을 바라보고 있었다.

무민이 말했다.

"엄마는 지금쯤 뭘 하고 계실까?"

스노크메이든이 말했다.

"당연히 잔치를 열고 계시겠지."

표지판은 불꽃을 일으키며 몽땅 잿더미로 변했고, 필리용크는 환호했다.

무민이 말했다.

"이제 졸려. 꽃 아홉 송이를 따야 한댔지?"

스노크메이든이 말했다.

"아홉 송이. 그리고 이제부터 한마디도 하지 않겠다고 약속해."

무민은 엄숙하게 고개를 끄덕였다. 그러고는 한참 동안 몸짓으로 "잘 자. 내일 보자."라는 뜻을 전한 뒤, 이슬에 젖은 풀밭을 걸어갔다.

필리용크가 그을음을 잔뜩 묻힌 채 즐겁게 연기 밖으로

뛰어나와 말했다.

"나도 꽃을 따고 싶어. 나도 마법은 뭐든 같이 할래! 또 아는 거 없어?"

스노크메이든이 속삭였다.

"엄청나게 끔찍한 하짓날 밤의 마법을 하나 알아. 하지만 그건 말도 못 하게 끔찍해."

필리용크가 기뻐서 어쩔 줄 몰라 하며 방울을 경쾌하게 딸랑거렸다.

"오늘 밤에는 뭐든 할 수 있어!"

스노크메이든은 주위를 둘러보았다. 그러고는 긴장해서 바짝 솟은 필리용크의 귀에 대고 속삭였다.

"먼저 주위를 일곱 번 돌면서 조그맣게 중얼거리고 발을 구르는 거야. 그러고 나서 뒷걸음질 치면서 우물까지 간 다음에 그 안을 들여다보면 돼. 그러면 우물 속에서 네 결혼 상대가 보일 거야!"

필리용크가 충격을 받아 물었다.

"그러면 거기서 어떻게 꺼내?"

스노크메이든이 말했다.

"에이, 당연히 얼굴만 보는 거지. 누군지 말이야! 하지만 먼저 서로 다른 꽃 아홉 송이를 따야 해. 하나, 둘, 셋. 그리고 지금부터 한마디라도 하면 절대로 결혼 못 해!"

불길이 서서히 사그라지고 아침 바람이 풀밭 너머로 불기 시작할 때, 스노크메이든과 필리용크는 꽃을 따서 비밀스러운 꽃다발을 만들었다.

스노크메이든과 필리용크는 가끔 서로 힐끗거리며 웃었는데, 그건 금지되지 않았기 때문이었다.

그리고 스노크메이든과 필리용크는 우물 쪽으로 고개

를 돌렸다.

필리용크의 귀가 흔들렸다.

스노크메이든은 고개를 끄덕였는데, 얼굴이 창백해져 있었다.

둘은 곧바로 웅얼거리고 발을 구르며 주위를 돌기 시작했는데, 겁을 집어먹어서 일곱 바퀴를 끝까지 도는 데 꽤 오래 걸렸다. 하지만 하짓날 마법은 일단 시작했으면 끝까지 계속해야 하는데, 그렇지 않으면 무슨 일이 일어날지 아무도 모른다.

스노크메이든과 필리용크는 두근거리는 마음으로 뒷걸음질 쳐서 우물 앞에 멈추어 섰다.

스노크메이든이 필리용크의 손을 잡았다.

태양빛은 동쪽 하늘에서부터 점점 넓게 퍼져 갔고, 모닥불에서 피어오른 연기는 붉게 물들어 갔다. 스노크메이든과 필리용크는 얼른 돌아서서 물속을 들여다보았다.

물에 비친 자기 모습과 우물 가장자리와 밝아지는 하늘이 보였다.

둘은 떨면서 기다렸다. 오랫동안.

그리고 갑자기 ―아니, 이건 이야기하기 너무 끔찍한 일이지만― 갑자기 우물 속에 커다란 머리가 비쳤다.

헤물렌의 머리였다!

경찰 모자를 쓴 아주 못생긴 헤물렌이 화내고 있었다!

무민이 아홉 번째 꽃을 막 꺾었을 때 엄청난 고함 소리

를 들었다. 펄쩍 뛰며 뒤를 돌아보자, 커다란 헤물렌이 한 손에는 스노크메이든을, 다른 한 손에는 필리용크를 움켜쥔 모습이 보였다.

헤물렌이 소리쳤다.

"이제 너희 셋 다 감옥으로 끌고 갈 테다! 이 그로크 같은 방화범들! 너희가 표지판을 몽땅 뜯어내서 태워 버리지 않았다고 말할 수 있으면 어디 해 봐! 어디 한번 말해 보라고!"

하지만 무민과 스노크메이든과 필리용크는 당연히 아무 말도 할 수 없었다. 한마디도 하지 않기로 약속했기 때문이었다.

제8장

희곡을 쓰는 방법

무민마마가 하짓날 아침에 일어났을 때 무민이 감옥에 갇혀 있다는 사실을 알았다면 어땠을까? 밈블의 딸에게 미이가 스너프킨의 전나무 오두막에서 앙고라 털실에 파묻힌 채 잠들어 있다고 누가 말해 주었다면 어땠을까?

남은 가족들은 아무것도 모르고 있었지만, 희망을 품고 지냈다. 그 누구보다도 힘든 문제에 많이 얽혀 봤지만, 그때마다 모두 잘 해결되지 않았던가?

밈블의 딸이 말했다.

"미이는 제 앞가림은 잘해요. 전 미이 때문에 곤란할 누군가가 더 걱정이에요!"

무민마마가 밖을 내다보았다. 비가 내리고 있었다.

무민마마는 생각했다.

'애들이 감기에 걸리지 않았으면 좋겠네.'

무민마마는 조심스럽게 침대에서 일어나 앉았다. 조심스러울 수밖에 없었는데, 집이 좌초된 뒤로 바닥이 너무 기울어서 무민파파가 가구를 모두 못으로 고정해 두었기 때문이었다. 식사를 할 때가 가장 힘들었는데, 식탁에서 접시가 미끄러져서 바닥에 떨어지기 일쑤였고, 그래서 접시를 못으로 고정하려고 했더니 몽땅 깨져 버렸기 때문이었다. 가족들은 끊임없이 등산하는 기분이었다. 걸을 때마다 한 발을 다른 발보다 더 높이 내디뎌야 했고, 무민파파는 다리 길이가 서로 달라질까 봐 걱정스러워질 정도였다. (훔퍼는 다른 방향으로 번갈아 걸으면 된다고 생각했지만.)

엠마는 늘 하던 대로 비질을 하고 있었다.

엠마는 앞에 있는 쓰레기를 밀어 올리면서 힘겹게 올라갔다. 반쯤 올라갔을 때, 쓰레기가 모두 미끄러져 내려갔고 엠마는 처음부터 다시 쓸어야 했다.

무민마마가 거들며 말했다.

"반대 방향으로 쓸면 더 편하지 않을까요?"

엠마가 말했다.

"여기에서는 아무도 나한테 어떻게 하라고 가르칠 필요 없어. 나는 무대 감독 필리용크와 결혼했을 때부터 이쪽으로 쓸었고, 죽을 때까지 이쪽으로 쓸 테니까."

무민마마가 물었다.

"엠마의 남편은 지금 어디 있어요?"

엠마가 점잖고 엄숙하게 대답했다.

"죽었어. 머리에 방화막*을 맞았고, 그도 방화막도 부서졌지."

무민마마가 소리쳤다.

"세상에, 불쌍한 엠마!"

엠마는 주머니 속을 더듬어 누렇게 빛바랜 사진 한 장을 꺼냈다.

* **방화막**_ 공연장에서 화재 발생 시 객석과 무대를 분리하기 위해 내릴 수 있는 금속 장막.—옮긴이

사진 얀손
사랑하는 엠마에게

엠마가 말했다.

"이게 젊었을 적 필리용크 모습이지."

무민마마는 사진을 들여다보았다. 무대 감독 필리용크는 야자나무 그림 앞에 앉아 있었다. 콧수염이 풍성하게 나 있는 무대 감독 필리용크 옆에는 머리에 작은 모자를 쓴 누군가가 걱정스러운 표정으로 서 있었다.

무민마마가 말했다.

"멋지네요. 뒤에 있는 그림도 뭔지 알아보겠어요."

엠마가 냉랭하게 말했다.

"〈클레오파트라〉의 배경막이야."

무민마마가 물었다.

"옆에 있는 젊은 여자가 클레오파트라인가요?"

엠마는 머리를 움켜쥐었다.

피곤하다는 듯 엠마가 말했다.

"〈클레오파트라〉는 연극 이름이야. 그리고 그 옆에 서 있는 어린 여자애는 필리용크의 조카인데, 아주 가식적이야. 끔찍한 아이지! 해마다 우리에게 하짓날 초대장을 보내는데, 난 답장하지 않으려고 조심하지. 걔는 극장에 들어오고 싶을 뿐이니까."

무민마마가 나무라듯 물었다.

"조카에게 문을 열어 주지 않는다는 말이에요?"

엠마는 빗자루를 내려놓았다.

엠마가 말했다.

“이제 더는 참을 수가 없어. 너희는 극장이 뭔지 아무것도 몰라. 눈곱만큼도, 티끌만큼도 모르니까 그만 좀 해.”

무민마마가 머뭇거리며 물었다.

“그러면 엠마가 나한테 조금만 설명해 주면 되지 않을까요?”

엠마는 망설였지만, 친절하게 굴기로 마음먹었다.

무민마마의 옆에 있는 침대 가장자리에 앉은 엠마가 말했다.

“극장이란 말이지, 너희 거실도 아니고 선착장도 아니야. 극장은 세상에서 가장 중요한 곳인데, 왜냐하면 극장에서는 모두 어떻게 될 수 있는지, 엄두를 내지 못 하지만 어떻게 되고 싶은지 그리고 지금 어떤지 보여 주기 때문이지.”

무민마마가 소름끼친다는 듯 소리쳤다.

“소년원이군요!”

엠마는 참을성 있게 고개를 저었다. 엠마는 종잇조각을 가져와서 떨리는 손으로 무민마마에게 극장을 그려 주었다. 엠마는 뭐가 뭔지 모두 설명했고, 무민마마는 잊지 않으려고 적어 두었다. (그 그림은 여기 이 책 속에 있다.) 엠마가

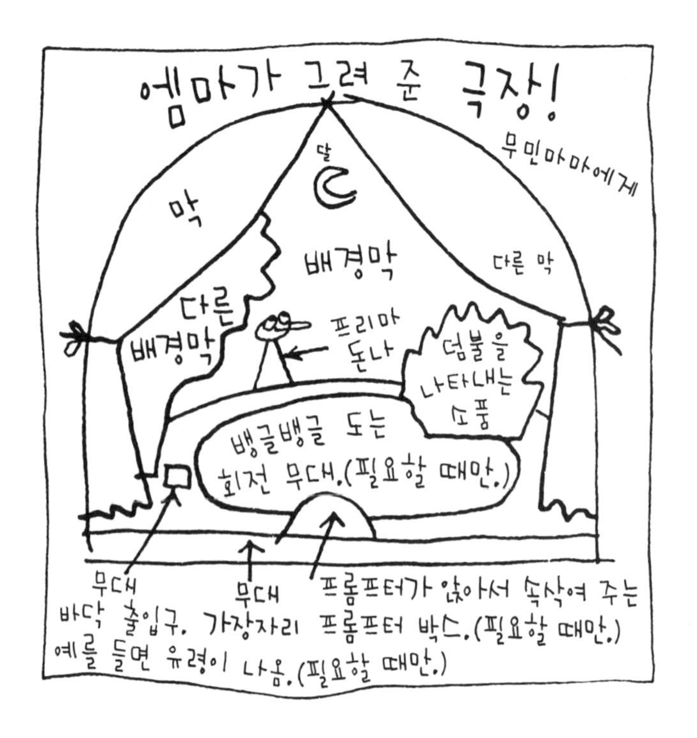

그림을 그리고 있을 때, 다른 가족들도 주위로 다가왔다.

엠마가 이야기했다.

"우리가 〈클레오파트라〉를 어떻게 공연했느냐 하면 말이지. 객석은 (집으로 치면 거실쯤 되겠지.) 몰려든 이들로 가득 찼고, 초연이라 (새로운 연극을 처음 선보인다는 뜻이야.) 모두 숨죽이고 있었어. 나는 여느 때처럼 해가 질 때 각광을 켰고, 막이 오르기 직전에 무대 바닥을 세 번 똑똑똑 두드렸어. 이렇게!"

밈블의 딸이 물었다.

"왜요?"

엠마가 작은 눈을 반짝이며 대답했다.

"효과를 주려고. 이해할지 모르겠지만, 운명적인 느낌을 강조하는 거지. 그리고 막이 올랐어. 빨간 조명이 클레오파트라를 비추고, 관객들은 숨죽인 채……."

훔퍼가 물었다.

"소품실도 거기 있었어요?"

엠마가 설명했다.

"소품실은 장소야. 연극에 필요한 모든 물건이 있는 방이라고. 아무튼 프리마 돈나는 정말이지 아름다웠고, 슬퍼 보였어……."

미자벨이 물었다.

"프리마 돈나요?"

"그래. 연극에서 가장 중요한 여배우. 늘 가장 재미있는 역할을 연기하고 뭘 원하든 얻지. 그런데 세상에……."

미자벨이 끼어들었다.

"전 프리마 돈나가 되고 싶어요. 하지만 슬픈 역할이었으면 좋겠어요. 소리 지르고 우는 역할이요."

엠마가 말했다.

"그러면 너는 비극, 그러니까 정통 연극을 해야 해. 그리고 마지막 장면에서 죽어야지."

미자벨은 볼이 발그레해져서 소리쳤다.

"그래요. 내가 아닌 전혀 다른 누군가가 된다고 생각해 봐요! 그러면 아무도 더는 "저기 미자벨이 가네."라고 말하지 않겠죠. 대신 "저 빨간 벨벳 드레스를 입은 슬픈 여자를 봐요……. 저 위대한 프리마 돈나를……. 그녀는 고통스러운 일을 많이 겪었어요."라고 하겠죠."

훔퍼가 물었다.

"우리한테 지금 연기를 보여 줄래?"

"내가? 연기를? 여기에서?"

이렇게 속삭인 미자벨의 눈에 눈물이 고였다.

밈블의 딸이 말했다.

"저도 프리마 돈나를 하고 싶어요."

엠마가 못 미덥다는 듯이 물었다.

"그런데 너희가 뭐로 연극을 할 수 있겠어?"

무민마마가 무민파파를 바라보며 말했다.

"엠마가 도와주고 당신이 희곡을 쓰면 되겠네요. 회고록도 써 본 데다 운율 맞추기도 어렵지 않잖아요?"

무민파파가 얼굴을 붉히며 말했다.

"어휴, 난 희곡 쓸 줄 몰라."

무민마마가 말했다.

"당신은 쓸 수 있어요, 여보. 그리고 우리가 대사를 외우고 공연을 하면 모두 보러 오겠지요. 점점 보러 오는 관객이 늘고 모두 우리가 공연을 얼마나 잘했는지 여기저기 이야기하면, 끝내는 무민도 그 소식을 듣고 집을 찾아올 수 있을 테죠. 모두 집으로 돌아오고 모든 게 다시 제자리를 찾는다고요!"

말을 마친 무민마마가 기뻐서 손뼉을 쳤다.

가족들은 망설이며 서로 마주보았다.

그러고는 엠마를 보았다.

엠마가 두 팔을 벌리고 말했다.

"틀림없이 아주 끔찍하겠지. 하지만 너희가 꼭 낭패를 봐야겠다면, 몇 가지 조언 정도는 해 줄 수 있어. 가끔 내가 시간이 날 때 말이지."

그런 다음, 엠마는 연극을 어떻게 하는지 계속 이야기했다.

저녁때 무민파파는 글을 마무리한 뒤 가족들에게 읽어 주었다. 아무도 중간에 끼어들지 않았고, 무민파파가 다 읽고 나서도 침묵이 흘렀다.

마침내 엠마가 말했다.

"아냐. 아냐, 아냐, 아냐. 다시 말하는데, 아니야!"
실망한 무민파파가 말했다.
"그렇게 별로였나요?"
엠마가 말했다.
"엉망진창이야. 들어 봐."

나는 사자가 무섭지 않다네
나는 사자를 날마다 죽이네

"끔찍해."
무민파파가 시무룩하게 말했다.
"사자를 꼭 넣고 싶어요."
"6보격을 써야 해! 6보격! 운율이 아니라."
무민파파가 물었다.
"6보격이 무슨 뜻이죠?"
엠마가 설명했다.
"자, 이렇게. 땀따— 라땀— 따라라— 따라— 땀— 땀— 땀따라— 땀— 땀."
무민파파의 표정이 밝아져서 물었다.
"이렇게요? '나는— 사자— 무섭지— 않네— 매— 일— 사자를— 죽— 여' 이렇게?"

엠마가 말했다.

"좀 낫네. 이제 6보격으로 모조리 다시 써 봐. 그리고 제대로 된 정통 비극에서는 모두 친척이어야 한다는 걸 명심해."

무민마마가 조심스럽게 물었다.

"하지만 어떻게 친척끼리 화낼 수가 있죠? 그리고 공주도 하나 없어요? 해피엔딩은 안 돼요? 누가 죽으면 너무 슬플 텐데요."

무민파파가 말했다.

"그게 비극이에요, 여보. 그리고 결말에는 누군가 죽어야 해요. 한 명만 빼고 나머지는 다 죽거나, 남은 한 명까지도 죽는 편이 가장 좋아요. 엠마가 그러더군요."

미자벨이 물었다.

"마지막에 제가 죽어도 돼요?"

밈블의 딸이 물었다.

"그럼 난 미자벨을 때려죽이는 역할을 해도 돼요?"

훔퍼는 실망해서 말했다.

"난 무민파파가 탐정 이야기를 쓸 줄 알았어요. 모두 어딘가 의심스럽고, 고민할 만한 재미있는 단서가 많은 그런 이야기 말이에요."

그 말에 마음 상한 무민파파는 일어서서 원고를 그러

모았다.

무민파파가 말했다.

"내가 쓴 희곡이 마음에 안 들면 너희가 알아서 새로 쓰면 되겠구나."

무민마마가 말했다.

"여보, 우리는 이게 정말 좋다고 생각해요. 그렇지, 얘들아?"

모두 한목소리로 대답했다.

"맞아요."

무민마마가 말했다.

"거봐요. 모두 당신 희곡을 좋아해요. 내용하고 문체만 조금 바꾸면 되겠어요. 아무도 방해하지 못하게 할 테니까 당신은 캐러멜이나 한 사발 가득 끼고 글을 쓰도록 해요!"

무민파파가 말했다.

"글쎄, 하지만 사자는 등장해야 해요!"

무민마마가 말했다.

"물론 사자도 넣고요."

무민파파는 글을 쓰고 또 썼다. 아무도 말하지 않았고 꼼짝하지도 않았다. 한 장 가득 쓰고 나면 무민파파는 그 자리에서 읽어 주었다. 무민마마는 캐러멜 그릇을 계속 채웠다. 모두 흥분했고, 기대에 부풀었다.

한밤중에도 모두 잠들지 못했다.

엠마는 늙어빠진 다리에서 솟아오르는 힘을 느꼈다. 이제 총연습 말고는 아무것도 생각하지 않았다.

제9장

불행한 아빠

무민파파가 희곡을 쓰고 무민이 감옥에 갇힌 바로 그날, 전나무 오두막에 있던 스너프킨은 비 때문에 잠에서 깼다. 스너프킨은 젖은 숲을 내다보았고, 숲의 꼬마들 스물넷이 깨지 않도록 조심조심 일어났다.

바깥에는 초록빛 고사리들이 카펫에 피어난 별꽃처럼 예쁘게 자라고 있었지만, 스너프킨은 씁쓸한 마음으로 고사리가 아니라 순무였으면 더 좋았겠다고 생각했다.

스너프킨은 생각했다.

'아빠가 되면 이렇게 변하나 보군. 오늘은 애들한테 뭘

먹이지? 미이는 콩을 많이 먹지 않지만, 꼬마들은 내 배낭을 다 비워 버릴 지경이야!'

스너프킨은 이끼 위에서 자고 있는 숲의 꼬마들을 돌아보았다.

스너프킨이 침울하게 혼잣말했다.

"이제 애들이 비 때문에 콧물을 흘리겠지. 사실 콧물도 최악은 아니야. 애들을 재미있게 해 줄 만한 일이 아무것도 떠오르질 않아서 문제지. 담배 연기는 싫어해. 내가 들려주는 이야기는 무서워하고. 그렇다고 계속 물구나무만 서다가는 여름이 가기 전에 무민 골짜기에 도착하지 못할 텐데. 무민마마가 아이들을 맡아서 돌봐 주면 얼마나 좋을까!"

스너프킨은 불현듯 무민이 떠올랐다.

'무민, 우리 다시 달빛 아래에서 수영하고, 동굴에 앉아 이야기도 나누자…….'

그때 꼬마 하나가 끔찍한 꿈을 꾸는지 소리를 지르기 시작했다. 다른 꼬마들도 모두 일어나 덩달아 소리를 질렀다.

스너프킨이 말했다.

"우르르, 까꿍!"

아무 소용없었다.

미이가 설명했다.

"애들은 그런 거 재미있어하지 않아. 우리 언니처럼 조용히 하지 않으면 가만두지 않겠다고 말해. 그런 다음에 달래면서 사탕을 주는 거야."

"그게 도움이 돼?"

미이가 말했다.

"아니."

스너프킨은 전나무 오두막을 노간주나무 덤불로 내던졌다.

스너프킨이 말했다.

"떠날 때는 살던 집을 이렇게 해야지."

숲의 꼬마들은 얼른 입을 다물었고 보슬비에 얼굴을 찡그렸다.

한 꼬마가 말했다.

"비 와."

다른 꼬마가 말했다.

"배고파."

스너프킨은 어쩔 줄 몰라 미이만 바라보았다.

미이가 말했다.

"그로크로 겁을 줘 봐. 우리 언니는 그렇게 해."

스너프킨이 물었다.

"그럼 넌 말을 잘 듣게 돼?"

"당연히 아니지!"

이렇게 대꾸한 미이가 깔깔대며 웃다 고꾸라져 버렸다.

스너프킨은 한숨을 내쉬었다.

스너프킨이 말했다.

"이리 와, 이리 와. 일어서, 일어서! 얼른 오면 뭘 보여 줄게!"

꼬마들이 물었다.

"뭔데?"

"그런 게 있어……."

스너프킨은 말끝을 흐리며 손을 흔들었다.

미이가 말했다.

"금세 들통 날 텐데."

스너프킨과 미이와 숲의 꼬마들은 걷고 또 걸었다.

비는 내리고 또 내렸다.

숲의 꼬마들은 재채기를 하고, 신발을 잃어버리고, 왜 샌드위치를 주지 않는지 물었다.

몇몇 꼬마들은 서로 다투기 시작했다. 한 꼬마는 입에 전나무 잎을 가득 쑤셔 넣었고, 다른 한 꼬마는 고슴도치 가시에 찔렸다.

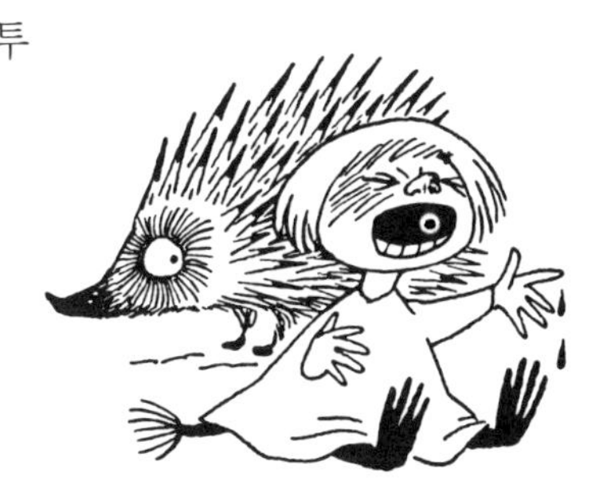

스너프킨은 공원 관리인이 불쌍해질 지경이었다. 스너프킨은 모자 속에 꼬마 하나, 어깨 위에 둘, 옆구리에 또 둘을 끼고 비에 젖어 볼썽사나운 모습으로 블루베리 가지 사이를 비틀거리며 나아갔다.

상황이 가장 절망적이었던 바로 그때, 눈앞에 빈터가 나타났다. 그리고 그 한가운데에는 시든 나무 덩굴이 굴뚝과 현관 기둥을 에워싼 작은 집 한 채가 서 있었다. 스너프킨은 비틀거리며 문으로 걸어갔다. 그리고 문을 두드린 다음, 대답을 기다렸다.

아무도 나와 보지 않았다.

스너프킨은 다시 문을 두드렸다. 대답이 없었다. 스너프킨은 문을 열고 집 안으로 들어섰다. 집에는 아무도 없었다. 식탁에 놓인 꽃은 시들었고, 시계는 멈춰 있었다. 스너프킨은 아이들을 내려놓고 차디찬 벽난로로 향했다. 그 안에는 팬케이크가 있었다. 스너프킨은 뒤이어 식품 저장실로 갔다. 꼬마들의 눈길이 소리 없이 스너프킨을 따라갔다.

잠시 침묵이 흘렀다. 이윽고 스너프킨이 콩 한 통을 들고 돌아와 식탁에 올려놓았다.

스너프킨이 말했다.

"이제 너희가 네모나질 만큼 콩을 먹어도 돼. 내가 너희 이름을 외울 동안만 마음 놓고 여기 머물자. 내 파이프에

불을 붙여 주렴!"

숲의 꼬마들이 모두 스너프킨의 파이프에 불을 붙이러 달려들었다.

얼마 뒤 벽난로 안에서 불이 타올랐고, 치마와 바지를 모조리 널어놓고 마르기를 기다렸다. 김이 모락모락 나는 콩이 담긴 커다란 접시는 식탁 한가운데 놓여 있었고, 바깥에는 여전히 잿빛인 하늘에서 빗줄기가 후두두 쏟아지고 있었다.

스너프킨과 미이와 숲의 꼬마들은 빗방울이 종종걸음으로 지붕을 걷고, 불이 벽난로에서 탁탁거리는 소리를 들었다.

스너프킨이 물었다.

“자, 기분이 어때? 모래 상자에서 놀고 싶은 꼬맹이 있어?”

숲의 꼬마들은 스너프킨을 쳐다보며 웃었다. 그러고는 필리용크의 강낭콩을 먹기 시작했다.

하지만 필리용크는 집에 손님이 찾아왔다는 사실을 전혀 몰랐는데, 필리용크는 무질서한 행동을 한 죄로 감옥에 갇혀 있었기 때문이었다.

제10장

총연습

이제 무민파파의 희곡으로 연극 총연습을 하는 날이 되었고, 저녁이 되려면 아직 한참 멀었지만 조명이 모두 켜져 있었다.

다음 날 열릴 초연의 무료 입장권을 받기로 한 비버들이 밀어 준 덕분에 극장은 이제 거의 평평해졌지만, 무대는 여전히 조금 불편하게 비스듬히 기울어 있었다.

무대 앞에는 붉은색 신비로운 막이 쳐져 있었고, 그 앞에는 호기심 많은 작은 배들이 물결을 따라 까딱거리고 있었다. 이들은 동이 틀 때부터 기다리고 있었고 저녁까지 챙겨 왔는데, 총연습은 늘 오래 걸리기 때문이었다.

배에서 기다리던 가난한 고슴도치 아이가 물었다.

"엄마, 총연습이 뭐예요?"

고슴도치 엄마가 설명했다.

"모든 게 제대로 준비됐는지 확실히 확인하려고 마지막으로 연습하는 거란다. 내일 진짜 공연을 하는데, 그때 보려면 입장료를 내야 해. 우리처럼 가난한 고슴도치들은 오늘 공짜로 봐야지."

하지만 막 뒤에서는 모든 게 제대로 준비됐는지 확실히 확인할 수가 없었다. 무민파파는 앉아서 희곡을 다시 쓰고 있었다.

미자벨은 울고 있었다.

밈블의 딸이 말했다.

"하지만 우리 둘 다 마지막에 죽고 싶다고 말했잖아요! 사자는 왜 미자벨만 잡아먹어요? 우리가 사자의 신부들이라면서요. 기억 안 나세요?"

무민파파가 초조하게 말했다.

"알았어, 알았다고. 사자는 너를 먼저 잡아먹은 다음에 미자벨을 잡아먹을 거야. 아무튼 나 좀 방해하지 마. 6보격을 생각해야 한단 말이다!"

무민마마가 걱정스럽게 물었다.

"친척 관계는 어떻게 되는 거예요? 어제는 밈블의 딸이 여행을 떠난 당신 아들과 결혼한 사이였잖아요. 그런데 지금은 미자벨이 당신 아들과 결혼했고, 나는 미자벨의 엄마라는 말이에요? 그리고 밈블의 딸은 결혼하지 않았다고요?"

밈블의 딸이 곧바로 대답했다.

"나는 결혼하지 않은 건 싫어요."

무민파파가 생각다 못해 소리쳤다.

"그럼 자매라고 쳐요. 그리고 밈블의 딸은 당신 아들의 아내라고 치고요. 내 아들의 아내이기도 하고. 그러니까 당신이 숙모가 되는 거죠."

훔퍼가 말했다.

"그건 안 돼요. 무민마마가 무민파파의 아내라면, 무민마마는 무민파파의 아들의 아내의 숙모가 될 수는 없다고요."

무민파파가 말했다.

"알 게 뭐야. 연극은 절대 못 하겠군!"

뜻밖에도 엠마가 너그럽게 말했다.

"진정해. 다 잘될 테니까. 어차피 관객들은 아무것도 이해 못 해."

무민마마가 말했다.

"저기, 엠마. 드레스가 너무 꽉 끼어요……. 등 쪽이 자꾸 열리는데요."

엠마가 입에 안전핀을 한가득 물고 웅얼거렸다.

"이것만 명심해. 무대로 나가서 아들이 거짓말로 남편의 마음에 상처를 줬다고 말할 때 행복해 보여서는 안 돼!"

무민마마가 말했다.

"그럼요. 슬퍼 보이겠다고 약속해요."

미자벨은 대본을 읽고 있었다. 갑자기 미자벨이 종이를 내던지고 소리쳤다.

"이건 너무 행복하잖아요! 저한테 전혀 어울리지 않는다고요!"

엠마가 엄하게 말했다.

"조용히 해, 미자벨. 시작하자. 조명 준비됐어?"

훔퍼가 노란 조명을 켰다.

밈블의 딸이 소리쳤다.

"빨간색이야! 빨간색! 내가 나갈 때는 빨간색이라고! 왜 자꾸 색깔을 잘못 켜는 거야?"

엠마가 차분하게 말했다.

"원래 다들 그래. 이제 준비됐어?"

무민파파가 얼이 빠져 중얼거렸다.

"내 대사를 못 하겠어요. 한마디도 기억나질 않아요!"

엠마가 무민파파의 어깨를 토닥이며 말했다.

"원래 다 그래. 모든 게 총연습답게 되어 가고 있어."

엠마가 무대 바닥을 세 번 쳤고, 바깥에서 기다리던 배들은 가만히 숨죽였다. 엠마의 늙어빠진 몸에 기쁨의 전율이 흘렀고, 엠마는 막을 올리기 시작했다.

총연습을 보러 온 많지 않은 관객들 사이에서 탄성이 터져 나왔다. 관객들 대부분이 극장을 한 번도 본 적이 없었기 때문이었다.

관객들은 빨간 조명에 비친 황량한 바위 풍경을 바라보았다.

거울장에서 (검은 덮개로 덮여 있었다.) 오른쪽으로 조금 떨어진 곳에 밈블의 딸이 튈* 드레스를 입고 올려 묶은 머

* **튈**(tulle)_ 실크나 나일론 등으로 망사처럼 얼기설기 짠 천.—옮긴이

리에 종이꽃을 두르고 앉아 있었다.

밈블의 딸은 잠깐 동안 앞에 있는 관객들을 유심히 바라보더니 수줍어하지도 않고 갑자기 시작했다.

나는 하늘 향해서 크게 결백을 외치나
오늘 밤 죽으리라
바다가 피투성이 되고 봄의 땅이 잿더미가 되리라
내 이마에 젊음의 이슬이 장미꽃 봉오리처럼
어여삐 맺힌 채
피할 수 없는 운명이 나를 끔찍하고 잔인하게
파괴하리라

갑자기 엠마가 배경막 사이로 날카롭게 소리쳤다.

운명의 밤
운명의 밤
운명의 밤!

무민파파는 망토를 왼쪽 어깨에서 반대쪽으로 무심히 늘어뜨린 채 무대로 들어섰고, 관객 쪽으로 돌아서서 떨리는 목소리로 읊었다.

의무가 나를 부를 때
친척의 유대와 우정은 끊어내야 한다
아, 내 딸의 아들의 누이가
이제 내 왕관을 훔치려는가?

무민파파는 잘못 읽었다는 사실을 깨닫고 다시 읊었다.

……아, 내 딸의 아들의 고모가
내 왕관을 훔치려는가?

무민마마가 고개를 내밀어 속삭였다.

"내 아들의 아내의 누이가 이제 내 왕관을 훔치려는가!"
무민파파가 말했다.
"그래, 그래, 그래. 이건 건너뛸게."
무민파파는 거울장 뒤로 숨는 밈블의 딸을 향해 한 걸음 내딛고 말했다.
"신뢰를 배반하는 밈블이여, 두려움에 떨어라. 끔찍한 사자가 배고픔에 우리를 격렬히 흔들며 달을 향해 포효하는 소리를 들어라!"
긴 침묵이 흘렀다.
무민파파는 더 크게 다시 말했다.
"……포효하는 소리를 들어라!"
아무 일도 일어나지 않았다.
무민파파가 왼쪽으로 돌아서서 물었다.
"사자가 왜 포효하지 않죠?"
엠마가 말했다.
"훔퍼가 달을 위로 끌어올리기 전에 내가 포효하면 안 되잖아."
훔퍼가 배경막 뒤에서 나와 말했다.
"미자벨이 달을 만들겠다더니 해 놓지 않았어요."
무민파파가 급히 말했다.
"그래, 알았어. 내 순서는 분위기가 깨졌으니까 미자벨은 지금 바로 무대로 나와도 돼."

미자벨은 빨간 벨벳 드레스를 입고 천천히 무대로 들어섰다. 미자벨은 양손으로 눈을 가린 채 오랫동안 서서, 프리마 돈나가 된 느낌을 맛보고 있었다. 정말 너무 좋았다.

무민마마는 미자벨이 대사를 잊어버린 줄 알고 속삭였다.

"얼마나 기쁜가."

미자벨이 조용히 내뱉었다.

"이건 예술적 침묵이에요!"

미자벨은 앞으로 비틀거리며 나아가서 관객 쪽으로 팔을 뻗었다.

딸깍 소리와 함께 훔퍼가 조명실에서 바람 기계를 켰다.
고슴도치 아이가 물었다.
“저 위에 진공청소기가 있어요?”
고슴도치 엄마가 말했다.
“쉿!”
미자벨은 침통한 목소리로 읊기 시작했다.
“당신의 머리가 산산조각 나는 모습을 보게 되다니 얼마나 기쁜지 몰라요…….”
미자벨이 갑자기 발을 내딛다가 벨벳 드레스에 발이 걸렸고, 그 바람에 난간을 넘어 고슴도치의 배로 고꾸라져 버렸다.
관객들은 환호하며 미자벨을 무대로 다시 들어 올렸다.
제법 나이가 많은 비버 하나가 말했다.
“서두르지 말아요, 아가씨. 그리고 당장 그녀의 목을 쳐요.”
미자벨이 어리둥절해서 물었다.
“누구의 목을 쳐요?”
비버가 힘차게 말했다.
“당연히 당신 아들의 딸의 고모죠.”
무민파파가 무민마마에게 속삭였다.
“관객들이 완전히 잘못 이해했어요. 최대한 빨리 무대

로 나와요, 제발!"

무민마마가 급히 치맛단을 올리고 친근하면서도 조금 쑥스러운 듯이 불쑥 나타났다.

무민마마가 쾌활하게 말했다.

운명이여, 당신의 얼굴을 감추라
나는 칠흑 같은 전언을 가지고 온다
당신의 아들은 비참한 배신자이니
그는 거짓말로 당신의 마음에 상처를 줬다!

엠마가 소리쳤다.

운명의 밤
운명의 밤
운명의 밤!

무민파파는 불안한 듯 무민마마를 바라보았다.

무민마마가 도와주려고 속삭였다.

"사자를 안으로."

무민파파가 따라 말했다.

"사자를 안으로 데려와."

무민파파가 자신 없는 목소리로 다시 한 번 말했다.

"사자를 안으로 데려오라고."

결국 무민파파는 소리치고 말았다.

"사자를 데려오라니까!"

배경막 뒤에서 쿵쾅거리는 소리가 어마어마하게 들렸다. 마침내 사자가 안으로 들어왔다.

사자의 앞다리와 뒷다리에는 비버가 한 마리씩 숨어 있었다. 객석에서 웃음이 터져 나왔다.

사자는 망설이다가 무대 앞으로 가서 인사한 다음, 무대 가운데로 돌아왔다.

관객들은 손뼉을 쳤고 집에 가려고 노를 젓기 시작했다.

무민파파가 소리쳤다.

"아직 끝나지 않았어요!"

무민마마가 말했다.

"여보, 관객들은 내일 다시 올 거예요. 엠마가 그랬는데, 총연습이 조금 부족한 듯싶어야 초연이 성공적이래요."

무민파파가 마음을 가다듬고 말했다.

"아, 그렇군요. 엠마가 그렇게 말했군요."

무민파파가 만족스럽게 덧붙였다.

"아무튼 관객들이 여러 번 웃긴 했어요!"

하지만 미자벨은 조금 떨어진 곳으로 가서 두근거리는 마음을 진정시켰다.

미자벨이 혼잣말로 속삭였다.

"관객들한테 갈채를 받았어! 얼마나 행복한지 모르겠어. 이제 난 항상, 늘 이렇게 행복하겠지."

제11장

교도관을 속이는 방법

다음 날 아침에는 연극 안내문이 퍼졌다. 온갖 새들이 날아다니며 만 여기저기에 연극 광고 쪽지를 떨어뜨렸다. (훔퍼와 밈블의 딸이 그린) 화려한 광고 쪽지가 숲과 바닷가와 풀밭과 바다 속과 지붕 꼭대기와 정원을 날아다녔다.

광고 쪽지 한 장이 감옥으로 펄럭이며 내려와서는 경찰모자로 얼굴을 덮어 햇볕을 가린 채 앉아 졸고 있는 헤물렌 바로 앞에 떨어졌다.

헤물렌은 혹시 죄수들에게 보낸 비밀 편지가 아닌지 의심스러운 마음에 잔뜩 긴장해서 곧장 종이를 주워 들었다.

바로 지금, 헤물렌에게는 죄수가 셋이나 있었는데, 헤물렌이 교도관이 되려고 공부하던 때부터 지금까지 통틀어 가장 많았다. 헤물렌은 거의 2년 동안 감시할 대상이 아무도 없었으니, 죄수 세 명에게 엄격하게 굴 만도 했다.

어쨌거나 헤물렌은 안경을 끼고 광고 쪽지를 혼자 소리 내어 읽었다.

"초연!!!"

사자의 신부들
부제 : 친척간의 유대

단막극 작가 : 무민파파

출연자 : 무민마마, 무민파파, 밈블의 딸, 미자벨, 훔퍼

합창단 : 엠마

입장료 : 먹을거리 아무거나

오늘 밤, 비가 오거나 바람이 불지 않으면 해가 진 뒤 시작하고 평소 아이들이 잠드는 시간에 끝난다. 공연은 전나무 만 한가운데에서 열린다. 배는 헤물렌에게 빌릴 수 있다.

극장 운영위원회

"극장?"

이렇게 말한 헤물렌은 생각에 잠긴 채 안경을 벗었다. 헤물렌의 마음속에서 헤물렌답지 않게 희미한 어린 시절의 추억이 떠올랐다. 그렇다. 이모가 헤물렌을 딱 한 번 극장에 데려갔었다. 그때 연극에서는 장미 덤불 속에서 잠든 어떤 공주가 나왔다. 공주는 정말 아름다웠고, 헤물렌은 그 공주가 좋았다.

불현듯 헤물렌은 다시 극장에 가고 싶어졌다.

'하지만 그동안 죄수들은 누가 감시하지?'

헤물렌은 할 일이 없는 헤물렌을 하나도 몰랐다. 불쌍한 교도관은 머리를 쥐어짰다. 헤물렌은 뒤에 세워 놓은 그늘진 철제 우리에 얼굴을 바짝 들이밀며 말했다.

"오늘 저녁 극장에 가고 싶어."

무민이 귀를 쫑긋 세우며 말했다.

"극장에요?"

"그래. 〈사자의 신부들〉을 보러."

헤물렌이 광고 쪽지를 우리 안으로 밀어 넣었다.

"그런데 나를 대신해서 너희를 감시할 헤물렌이 누가 있을지 모르겠군."

무민과 스노크메이든이 광고 쪽지를 들여다보았다. 그러고는 서로 마주보았다.

헤물렌이 투덜거렸다.

“틀림없이 공주도 나올 텐데. 내가 공주를 언제 마지막으로 봤는지 기억도 안 나!”

스노크메이든이 말했다.

“그럼 무조건 가서 공주를 봐야죠. 그동안 우리를 감시할 만큼 친절한 친척이 아무도 없어요?”

헤물렌이 말했다.

“음, 내 사촌이 있어. 하지만 걘 너무 여려. 너희를 풀어 줄지도 몰라.”

불쑥 필리용크가 물었다.

“우리는 언제 참수 당하나요?”

헤물렌이 당황해서 말했다.

“이런, 참수라니. 너희가 무슨 짓을 했는지 인정할 때까지 감옥에 그냥 앉아 있으면 돼. 그러고 나서 새 표지판을 만들고 ‘금지’라고 오천 번 쓰면 돼.”

필리용크가 소리쳤다.

“하지만 우리는 결백하다고요!”

헤물렌이 말했다.

“그래, 그래, 그래. 그런 소리는 전에도 들어 봤어. 다들 그렇게 말하거든.”

무민이 말했다.

"제 말 좀 들어 보세요. 오늘 극장에 가지 않으면 평생 후회할걸요. 틀림없이 공주가 나올 테니까요. 〈사자의 신부들〉이잖아요."

헤물렌은 어깨를 으쓱하고 한숨을 내쉬었다.

스노크메이든이 거들었다.

"이제 바보 같이 굴지 마세요. 그 사촌 동생을 데려오면 우리가 한번 볼게요. 착한 교도관이라도 있는 편이 더 낫잖아요."

헤물렌이 시무룩하게 말했다.

"글쎄."

헤물렌은 일어서서 수풀 사이로 터벅터벅 걸어갔다.

무민이 말했다.

"자! 우리가 하짓날 밤에 어떤 꿈을 꾸었는지 기억나? 사자 꿈이었어! 미이가 커다란 사자 발을 무는 꿈! 그나저나 가족들은 집에서 도대체 뭘 하는 거지?"

필리용크가 말했다.

"나는 새로운 친척이 한가득 생기는 꿈을 꿨어. 정말 끔찍했어! 이제 막 해묵은 친척들을 정리했는데!"

그때 헤물렌이 돌아왔다.

헤물렌은 엄청나게 작고 비쩍 마른 헤물렌을 데려왔는데, 작은 헤물렌은 겁먹은 듯했다.

큰 헤물렌이 물었다.

"나 대신 이 죄수들을 감시할 수 있겠어?"

(헤물렌의 관점으로 보자면) 완전히 실패작 같아 보이는 작은 헤물렌이 속삭였다.

"이 죄수들이 무나요?"

큰 헤물렌은 콧방귀를 뀌더니 작은 헤물렌에게 우리 열쇠를 건네며 말했다.

"당연하지. 네가 풀어 주면 이 녀석들이 너를 물어서 반 토막을 내 버릴 거야. 쓱싹쓱싹. 나는 이제 옷 갈아입고 초연을 보러 가야겠군. 잘 있어."

큰 헤물렌이 사라지자마자 작은 헤물렌은 코바늘 뜨개

질을 시작했고, 우리 쪽으로 자꾸 겁먹은 눈길을 보냈다.

스노크메이든이 다정하게 물었다.

"뭘 만들고 있어?"

작은 헤물렌이 움찔하고 놀랐다.

그러더니 겁먹은 목소리로 속삭였다.

"나도 잘 몰라. 그냥 뜨개질을 하면 마음이 놓이거든."

스노크메이든이 제안했다.

"그걸로 실내화를 만들면 어때? 실내화 만들기에 정말 예쁜 색이야."

작은 헤물렌이 뜨개질 뭉치를 내려다보며 고민했다.

필리용크가 물었다.

"주위에 발이 시린 이가 아무도 없어?"

작은 헤물렌이 말했다.

"음, 친구가 하나 있기는 해."

필리용크가 다정하게 말을 이었다.

"나도 발이 시린 이를 하나 알아. 극장에 있는 내 숙모. 거기는 외풍이 심하대. 극장은 정말 끔찍해!"

무민도 말했다.

"여기도 외풍이 심하네."

작은 헤물렌이 부끄러워하며 말했다.

"사촌 오빠가 신경 썼어야 했는데. 조금만 기다려. 내가 실내화를 짜 줄게."

무민이 울적하게 말했다.

"우리는 실내화가 완성되기 전에 죽을지도 몰라."

작은 헤물렌은 걱정스러운 표정으로 조심스럽게 우리 쪽으로 다가가 말했다.

"여기를 담요로 덮으면 어떨까?"

무민과 스노크메이든과 필리용크는 어깨를 으쓱하고는 몸을 덜덜 떨며 웅크려 앉았다.

작은 헤물렌이 겁에 질려 물었다.

"정말 그렇게 추워?"

스노크메이든은 기운 없이 콜록거렸다.

그러더니 말했다.

"레드커런트를 넣은 차를 한 잔 마시면 나을 텐데. 넌 절대 모르겠지만."

작은 헤물렌은 오랫동안 망설였다. 작은 헤물렌은 뜨개질 뭉치를 얼굴에 파묻은 채 무민과 스노크메이든과 필리용크를 바라보았다.

이윽고 작은 헤물린이 떨리는 목소리로 말했다.

"너희가 죽으면…… 너희가 죽으면 내 사촌이 너희를 감시하는 게 더는 재미없겠지?"

필리용크가 말했다.

"아마 그럴걸."

"그리고 내가 실내화를 만들어 주려면 어차피 너희 발 크기도 재야 하잖아?"

셋은 힘차게 고개를 끄덕였다.

그러자 작은 헤물렌이 우리를 열고 수줍게 말했다.

"따뜻한 차 한잔 줄까? 레드커런트 주스도. 그리고 실내화는 금세 완성해서 줄게. 실내화를 짜다니, 너무 좋은 생각이야! 내 말을 이해할지 모르겠지만, 뜨개질이 더 의미 있어졌어."

그렇게 무민과 스노크메이든과 필리용크는 작은 헤물렌의 집으로 가서 차를 마셨다. 작은 헤물렌은 팬케이크를

엄청나게 많이 구워 주겠다고 고집했지만, 만드는 데 너무 오래 걸리는 바람에 날이 어둑해져 버렸고, 결국 스노크 메이든이 일어서서 말했다.

"우리는 이제 정말 가야 해. 차는 정말 잘 마셨어."

작은 헤물렌이 못에 걸어 두었던 열쇠를 가져와 사과했다.

"너희를 다시 감옥에 넣어야 하다니 너무 가슴 아파."

무민이 끼어들었다.

"그렇지만 우리는 감옥으로 돌아갈 생각 없어. 우리 집인 극장으로 돌아가야 해.”

작은 헤물렌의 눈에 눈물이 고였다.

그러더니 말했다.

“사촌 오빠가 분명히 엄청 실망할 텐데.”

불쑥 필리용크가 말했다.

“하지만 우리는 정말 결백해!”

작은 헤물렌이 마음이 놓인다는 듯이 말했다.

“왜 진작 말하지 않았어? 그럼 당연히 극장으로 가야지. 그렇지만 내가 같이 가서 사촌 오빠에게 모든 일을 설명해 주는 편이 좋겠어.”

제12장

극적인 초연

작은 헤물렌이 집에서 손님들에게 차를 대접하는 동안에도 연극 광고 쪽지가 숲 여기저기를 날아다녔다. 그중 하나가 숲 속 어느 빈터에 떨어져서는 막 타르를 바른 지붕에 붙었다.

숲의 꼬마들 스물넷이 광고 쪽지를 가지러 지붕으로 올라갔다. 꼬마들 모두 자기가 스너프킨에게 광고 쪽지를 건네주고 싶어 했고, 얇은 종이는 금세 스물네 조각으로 나뉘어 버렸다. (몇 조각은 굴뚝에 떨어져서 타 버리기까지 했다.)

숲의 꼬마들이 지붕에서 미끄러지고 뛰고 구르며 소리

쳤다.

"편지가 왔어!"

집 모퉁이에서 꼬마들의 양말을 빨고 있던 스너프킨이 말했다.

"이 그로크 같은 녀석들! 아침에 지붕에 타르를 바른 걸 까먹었어? 내가 너희를 버리거나 호수에 내던지거나 혼쭐을 내 줬으면 좋겠어?"

"아니!"

꼬마들이 소리치며 스너프킨의 망토를 잡아끌었다.

"이 편지를 읽어야 해!"

스너프킨이 비누 거품이 묻은 손을 가장 가까이 있던 꼬마의 머리에 닦으며 말했다.

"너희가 가져온 편지 말이지. 그래, 그래. 얼마나 흥미로운 편지일까."

스너프킨은 구겨진 종잇조각들을 풀밭에 펼쳐 놓고 광고 쪽지에 적힌 내용을 맞춰 보려고 용을 썼다.

숲의 꼬마들이 소리쳤다.

"크게 읽어 줘!"

스너프킨이 소리 내어 읽었다.

"초연. 사자의 신부들. 부제…… (조각 하나가 없어졌나 보군.) 입장료는 먹을거리 아무거나. (이런, 이런.) ……해가

진…… (해가 진 뒤.) ……비가 오거나 바람이 불지 않으면…… (그건 잘됐네.) ……는 시간에…… (이건 잘 모르겠네.) ……전나무 만 한가운데에서."

스너프킨이 눈을 들어 말했다.

"그렇군. 쪼끄만 괴물들아, 이건 편지가 아니라 극장 광고 쪽지야. 누군가 오늘 밤 전나무 만에서 연극을 하려나 봐. 모든 작은 동물의 수호자는 연극을 왜 꼭 바다에서 해야 하는지 알고 있을지 모르겠네. 뭐, 연극에서 파도가 필요한가 보지."

가장 작은 꼬마가 물었다.

"아이들은 못 봐?"

다른 꼬마가 소리쳤다.

"진짜 사자야? 우리 바로 출발할까?"

스너프킨은 꼬마들을 돌아보았고 극장으로 가야 한다는 사실을 깨달았다.

스너프킨은 걱정스럽게 생각했다.

'입장료로는 콩이 든 자루를 가져가면 되겠지. 양이 충분할지 모르겠네. 우리가 벌써 꽤 많이 먹었는데……. 극장에서 꼬마들 스물넷 모두 내 아이라고 생각하지 않을까……. 그럼 좀 창피하겠는데. 그러고 나면 내일은 꼬마들한테 도대체 뭘 먹이지?'

가장 작은 꼬마가 스너프킨의 바지에 코를 문지르며 물었다.

"극장에 가게 되어서 기쁘지?"

스너프킨이 말했다.

"끔찍하게 기뻐, 비단 코 같으니. 그리고 지금은 너희를 깨끗이 씻겨야겠다. 적어도 지금보다는 깨끗하게. 이 연극은 비극이라 슬플 텐데, 너희 손수건은 갖고 있어?"

숲의 꼬마들에게 손수건은 없었다.

스너프킨이 말했다.

"그래, 그러면 코는 속치마에 풀어. 아니면 아무데나."

태양이 거의 수평선까지 내려왔을 때쯤 스너프킨은 바지와 치마를 모두 빨았다. 물론 타르 얼룩이 꽤 많이 남아 있기는 했지만, 적어도 노력한 티는 났다.

무척 흥분한 숲의 꼬마들과 스너프킨은 엄숙하게 전나무 만으로 출발했다.

스너프킨이 콩 자루를 들고 앞서 가고 숲의 꼬마들이 짝을 지어 뒤따라갔는데, 모두 눈썹부터 꼬리까지 앞가르마를 타서 단정해 보였다.

미이는 스너프킨의 모자에 올라앉아 노래를 불렀다. 저녁때 쌀쌀해질까 봐 냄비 받침을 두르고 있었다.

바닷가에 도착하자마자 초연의 긴장감이 느껴졌다. 만이 온통 극장을 향해 노를 젓는 배로 가득했다.

헤물렌의 자발적인 악단이 극장 앞 뗏목에서 연주하고 있었고, 등불이 환히 빛났다.

평화롭고 아름다운 밤이었다.

스너프킨은 콩 두 줌으로 배를 빌려 극장을 향해 나아갔다.

스너프킨과 숲의 꼬마들이 반쯤 갔을 때 가장 큰 꼬마가 말했다.

"스너프킨!"

스너프킨이 말했다.

"응."

숲의 꼬마가 얼굴이 새빨개져서 말했다.

"우리가 선물을 준비했어."

스너프킨을 노를 젓다 말고 파이프를 입에서 뗐다.

가장 큰 아이가 등 뒤에서 오묘한 색깔에 꾸깃꾸깃하게 구겨진 무언가를 꺼내며 중얼거렸다.

"담뱃잎 주머니야. 우리가 다 같이 몰래 거기에 수를 놓았어."

스너프킨은 선물을 받아 들고 안을 들여다보았다. (그건 사실 필리용크의 낡은 모자였다.) 스너프킨은 킁킁거리며 냄새를 맡았다.

가장 작은 꼬마가 자랑스럽게 소리쳤다.

"일요일마다 피울 산딸기 잎이야!"

스너프킨이 흡족하게 말했다.

"정말 훌륭한 담뱃잎 주머니야. 일요일마다 피울 담뱃잎도 생겨서 정말 기쁘구나."

스너프킨은 모든 꼬마에게 손을 내밀며 고마워했다.

미이가 스너프킨의 모자 위에서 말했다.

"나는 수 같은 건 놓지 않아. 하지만 내가 생각해 냈어!"

배는 극장의 막 옆으로 미끄러져 갔고, 미이는 놀라서 이마를 찌푸렸다.

미이가 물었다.

"극장은 원래 다 똑같이 생겼어?"

스너프킨이 말했다.

"그렇지 않을까. 저 막이 옆으로 당겨지면 시작인데, 그럼 너희 모두 아주 조용해야 해. 무슨 끔찍한 일이 일어나도 물에 빠지지 말고. 다 끝나면 좋았다는 의미로 손뼉을 치면 돼."

숲의 꼬마들은 쥐 죽은 듯 조용히 앉아서 앞을 바라보았다.

스너프킨은 조심스럽게 주위를 둘러보았지만, 아무도 스너프킨과 숲의 꼬마들을 보고 비웃지 않았다. 모두 조명빛이 새어나오는 막을 바라보고 있었다. 나이 많은 헤물렌 하나만 노를 저어 와서 말했다.

"입장료 내십시오."

스너프킨은 콩 자루를 들었다.

헤물렌이 꼬마들을 세어 보며 물었다.

"그걸로 전부 다 내는 겁니까?"

스너프킨이 걱정스럽게 물었다.

"모자라나요?"

"조금 돌려받을 겁니다."

헤물렌이 콩을 파래박 한가득 부었다.

"규칙은 규칙이니까."

이제 악단이 연주를 멈추었고, 모두 손뼉을 쳤다.

완전히 조용해졌다.

그리고 조용한 가운데 막 뒤에서 쿵하는 소리가 크게 세 번 들렸다.

가장 작은 꼬마가 스너프킨의 소매를 붙들고 소곤거렸다.

"무서워."

스너프킨이 달래 주었다.

"나를 꼭 붙잡고 있으면 괜찮을 거야. 저기 좀 봐. 이제 막이 열리는구나."

숨죽인 관객들 앞에 바위 풍경이 펼쳐졌다.

무대 오른쪽에 밈블의 딸이 틸과 종이꽃을 두르고 앉아 있었다.

미이는 모자챙에서 몸을 숙여 스너프킨을 거꾸로 내려다보며 말했다.

"저기 있는 게 우리 언니가 아니라면 나를 삶아 버려도 돼!"

스너프킨이 놀라서 물었다.

"밈블의 딸이 네 언니라고?"

미이가 지겹다는 듯 말했다.

"내가 계속 우리 언니 이야기를 했잖아. 내 말 하나도 안 들었어?"

스너프킨은 무대를 바라보았다. 스너프킨의 파이프 불이 꺼졌다. 무민파파가 왼쪽에서 나와 엄청나게 많은 친척과 사자가 나오는 정신없고 이상한 이야기를 장황하게 읊는 모습이 보였다.

갑자기 미이가 스너프킨의 무릎으로 뛰어내리면서 큰 소리로 말했다.

"무민파파는 왜 우리 언니한테 화가 났어?! 우리 언니한테 화내면 안 돼!"

스너프킨이 멍하게 말했다.

"조용, 조용히 해. 저건 그냥 연극일 뿐이야."

스너프킨은 빨간 벨벳 드레스를 입은 작고 통통한 미자벨을 보았는데, 너무 행복하다고 말했지만 어딘지 모르게 고통스러운 듯했다.

스너프킨이 모르는 또 다른 누군가가 뒤에서 계속 "운명의 밤!"이라고 소리쳤다.

무민마마가 무대에 들어서는 모습을 보고 스너프킨은 더욱더 놀랐다.

스너프킨은 생각했다.

'무민 가족한테 도대체 무슨 일이 생겼지? 늘 나름대로 변덕스럽기는 했지만, 이 정도는 아니었는데! 이러다가는 무민도 나타나서 시를 읊어 대겠군.'

하지만 무민은 등장하지 않았다. 그 대신 으르렁거리는 사자가 무대로 나왔다.

숲의 꼬마들이 어찌나 호들갑스럽게 소리를 질러 댔는지, 배가 거의 뒤집힐 뻔했다.

옆 배에서 경찰 모자를 쓴 헤물렌이 말했다.

"이건 말도 안 돼. 내가 어렸을 때 봤던 아름다운 연극이랑 전혀 다르잖아. 그때는 장미 덤불에서 잠든 공주가 나왔는데. 지금 저 연극은 무슨 뜻인지 전혀 모르겠군."

스너프킨이 겁먹은 숲의 꼬마들에게 말했다.

"쉬쉬쉬, 저 사자는 낡은 침대보로 만든 거야!"

하지만 꼬마들은 스너프킨의 말을 믿지 않았다. 사자가 밈블의 딸을 쫓아 무대 여기저기를 뛰어다니는 모습을 보고 있었기 때문이었다.

미이가 고래고래 소리를 질렀다.

"우리 언니를 구해 줘! 사자를 때려 죽여야 해!"

그러더니 미이는 죽을힘을 다해 무대로 뛰어올라 사자에게 달려들어 작고 날카로운 이로 뒷다리를 물었다.

사자는 비명을 질러 댔고, 두 동강이 났다.

관객들은 밈블의 딸이 미이를 들어 올려 뽀뽀하는 광경을 지켜보았고, 더는 아무도 6보격으로 말하지 않고 아주 평범하게 말한다는 사실을 알아차렸다. 관객들은 전혀 불만스럽지 않았는데, 이제야 비로소 어떤 연극인지 이해했기 때문이었다.

연극은 큰 파도에 떠내려가 끔찍한 경험을 한 다음 집으로 돌아온 누군가의 이야기였다. 그리고 지금은 모두 더없이 기뻐하며 커피를 끓이고 있었다.

헤물렌이 말했다.

"지금 연기가 훨씬 낫군."

스너프킨은 숲의 꼬마들을 하나씩 무대 위로 들어 올리기 시작했다.

스너프킨이 즐겁게 소리쳤다.

"안녕하셨어요, 무민마마! 이 녀석들을 좀 돌봐 주시겠어요?"

연극은 더욱더 재미있어졌다. 관객들 모두 무대로 올라가서는 거실 탁자에 차린 입장료를 먹으며 연극에 참여했다. 무민마마는 거추장스러운 드레스를 벗어 버리고 여기저기 뛰어다니며 커피 잔을 나누어 주었다.

악단은 〈헤물렌들의 등장〉을 연주하기 시작했다.

무민파파는 초연이 큰 성공을 거두어 얼굴이 환했고, 미자벨은 총연습 때만큼 행복했다.

무민마마가 갑자기 무대 한가운데에 멈추어 서더니 커피 잔을 바닥에 떨어뜨리고 말았다.

"누가 와요."

무민마마가 속삭이자, 주위가 잠잠해졌다.

누군가 어둠 속에서 조심스럽게 노를 저으며 다가오고 있었다. 딸랑거리는 방울 소리가 작게 들렸다.

그 누군가가 소리쳤다.

"엄마! 아빠! 제가 돌아왔어요!"

헤물렌이 말했다.

"아니, 내 죄수들이잖아! 저들이 극장을 몽땅 불태워 버리기 전에 당장 붙잡아요!"

무민마마가 무대 앞으로 뛰어나갔다. 무민이 배를 돌리다가 노 하나를 바다에 빠뜨리는 모습이 보였다. 당황한 무민은 하나 남은 노로 계속 저어 보았지만, 배는 주위를 뱅글뱅글 돌기만 했다. 배 뒤쪽에 앉은 작고 비쩍 마르고 착하게 생긴 헤물렌이 뭐라고 소리쳤는데, 아무도 신경 쓰지 않았다.

무민마마가 소리쳤다.

"도망쳐! 여기 경찰이 있어!"

무민마마는 무민이 무슨 일을 저질렀는지는 몰라도 틀림없이 뭔가 일을 저지르기는 했다고 생각했다.

큰 헤물렌이 소리쳤다.

"죄수들을 붙잡아요! 저들은 표지판을 몽땅 불태웠고 공원 관리인을 빛나게 만들었어요!"

관객들은 잠깐 놀랐지만, 연극이 계속되고 있다고 생각했다. 그래서 모두 커피 잔을 내려놓고 무대 앞에 앉아 무민 가족을 지켜보았다.

헤물렌이 화가 나서 소리쳤다.

"저들을 붙잡으라고!"

관객들이 손뼉을 쳤다.

스너프킨이 차분히 말했다.

"잠깐만요. 뭘 잘못 알고 계시는데요. 표지판은 제가 뜯어냈어요. 공원 관리인은 정말 아직도 빛나고 있나요?"

헤물렌이 돌아서서 스너프킨을 뚫어져라 바라보았다.

스너프킨은 무대 앞 가장자리로 다가가 태연히 말했다.

"공원 관리인의 생활비가 얼마나 절약될지 생각해 보세요. 전기 요금이 전혀 들지 않잖아요! 파이프에 불도 그냥 붙일 수 있고, 머리 위에서 달걀도 삶을 수 있고……."

헤물렌은 한마디도 대꾸하지 않았다. 스너프킨의 멱살을 잡으려고 양팔을 벌리고 천천히 다가가고 있었다. 헤물렌은 가까이, 더 가까이 살금살금 다가갔고, 더 빨리 다음 순간에…… 뱅글뱅글 도는 무대가 무서운 속도로 돌아가기 시작했다. 모두 엠마의 웃음소리를 들었는데, 이번에

는 누군가를 비웃는 소리가 아니라 의기양양하고 즐겁게 웃는 소리였다.

모든 일이 한꺼번에 너무 빨리 일어나는 바람에 관객들은 따라가기 힘들었다. 무대가 회전목마처럼 돌자 모두 균형을 잃고 서로 부딪혔고, 숲의 꼬마들 스물네 명은 모두 헤물렌에게 달려들어 제복을 물었다.

스너프킨은 호랑이처럼 무대 앞 가장자리를 풀쩍 뛰어넘어 빈 배에 떨어졌다. 무민의 배는 파도에 뒤집혔고, 스노크메이든과 필리용크와 작은 헤물렌은 극장 쪽으로 헤엄치기 시작했다.

관객들이 소리쳤다.

"브라보! 브라보! 다카포*!"

이윽고 무민은 수면 위로 얼굴을 내밀었고, 방향을 바꿔 스너프킨의 배를 향해 헤엄쳐 갔다.

무민이 배를 붙잡으며 말했다.

"안녕! 이렇게 다시 만났네."

스너프킨이 대답했다.

"그래, 안녕! 배로 올라와. 경찰한테서 어떻게 빠져나가는지 보여 줄게!"

* **다카포**(Dacapo)_ 다시 한 번.—지은이

무민이 배로 기어오르자 스너프킨은 만을 향해 노를 젓기 시작했고, 뱃머리에서 물이 철썩거렸다.

스너프킨이 소리쳤다.

“잘 있어, 꼬마들아. 도와줘서 고마워! 그리고 이제 깔끔하게 하고 다니도록 해. 타르가 마르기 전에는 지붕에 올라가지 말고!”

헤물렌은 뱅글뱅글 도는 무대, 숲의 꼬마들과 자신에게 꽃을 던지며 환호하는 관객들에게서 겨우 벗어났다. 헤물렌은 마구 호통을 치며 배에 올라 스너프킨을 쫓기 시작했다.

하지만 헤물렌은 너무 늦었다. 스너프킨은 이미 밤의 어둠 속으로 사라진 뒤였다.

주위가 이상하리만치 고요했다.

엠마가 물에 젖은 필리용크를 바라보며 차분히 말했다.

"그래, 네가 결국 여기 왔군. 하지만 극장은 늘 즐겁지만은 않아!"

제13장

처벌과 보상

스너프킨은 오랫동안 아무 말 없이 노를 저었다. 무민은 스너프킨이 쓰고 있는 낡은 모자가 밤하늘을 배경으로 낯익은 윤곽을 드러내고, 고요한 공기 중으로 파이프 연기가 뻐끔뻐끔 피어오르는 광경을 바라보고 있었다.

무민이 생각했다.

'이제 다 괜찮아지겠지.'

고함 소리와 손뼉 치는 소리가 점점 더 작아지더니 마침내 노 젓는 소리만 남았다.

어두운 선 같던 바닷가가 시야에서 사라졌다.

사실 무민도 스너프킨도 입을 열 마음이 없었다. 아직은 이야기를 나눌 때가 아니었다. 시간은 많았다. 약속으로 가득한 기나긴 여름이 기다리고 있었다. 지금 이 순간은 둘의 극적인 만남, 흥미진진한 한밤중 도주만으로도 충분했고 분위기를 깨고 싶지 않았다. 그래서 무민과 스너프킨은 바닷가를 향해 빙 돌아가며 노만 젓고 있었다.

스너프킨이 뒤쫓는 이들을 엉뚱한 방향으로 이끌려고 한다는 사실을 무민도 알고 있었다. 저 멀리 어둠 속에서 헤물렌이 높고 날카롭게 호루라기를 불면, 다른 호루라기들이 대답하곤 했다.

배가 나무 아래에 있는 갈대밭으로 미끄러져 갈 때쯤, 보름달이 떴다.

스너프킨이 말했다.

"이제 내 말을 잘 들어 봐."

"응, 듣고 있어."

이렇게 대답하는 무민의 마음에서 모험심이 파닥파닥 날갯짓하며 솟구쳤다.

스너프킨이 말했다.

"네가 다른 가족들한테 돌아가는 거야. 그리고 무민 골짜기 집으로 돌아가고 싶은 이들을 모두 여기로 데려와. 가구는 가져오면 안 돼. 헤물렌들이 극장에 경비원들을 배치하기 전에 서둘러야 해. 나는 그들을 알아. 돌아올 때는 시간 끌지도 말고, 두려워하지도 마. 6월의 밤은 전혀 위험하지 않으니까."

무민이 고분고분 대답했다.

"응."

무민은 잠시 기다렸지만 스너프킨이 더는 아무 말도 하지 않자, 배에서 내려 바닷가를 따라 걷기 시작했다.

스너프킨은 배 끄트머리에 앉아 파이프에 담긴 재를 조심히 털어 냈다. 그리고 몸을 숙여 나뭇가지 아래로 내다

보았다. 헤물렌은 여전히 먼 바다 쪽으로 노를 젓고 있었다. 헤물렌의 배는 바다를 비추는 긴 달빛 아래에서 눈에 잘 띄었다.

스너프킨은 조용히 미소 지으며 파이프를 채웠다.

마침내 물이 빠지기 시작했다. 갓 씻은 바닷가와 골짜기가 천천히 햇살 속으로 다시 올라오기 시작했다. 나무들이 먼저 드러났다. 잠이 덜 깬 나뭇가지 끝이 수면 위에서 흔들렸고, 재난을 겪은 몸이 멀쩡한지 더듬어 보려고 가지를 뻗었다. 꺾인 나뭇가지들은 얼른 새싹을 내밀었다. 새들은 예전 보금자리를 되찾고 물이 씻겨 내려간 높은 비탈 풀밭에 침구를 펼쳐서 말렸다.

물이 빠지기 시작하자마자 모두 서둘러 집으로 향했다. 모두 밤낮 없이 노를 저으며 항해를 계속했고, 물이 다 빠진 뒤에는 걸어서 예전에 살던 곳으로 돌아갔다.

골짜기가 호수가 되었을 때 훨씬 나은 보금자리를 찾을 수도 있었지만, 그래도 모두 예전에 살던 곳을 더 좋아했다.

무민마마가 손가방을 끌어안고 배 뒷자리 무민 옆에 앉아 있을 때, 극장의 엠마에게 남겨주고 와야 했던 거실 가구는 한순간도 떠오르지 않았다. 무민마마는 무민 골짜기에 있는 정원만 생각했고, 과연 바다가 자기만큼 모랫길을 곱게 골라 놓았을지 궁금했다.

무민마마는 자신이 무민마마다워졌다는 사실을 깨달았다. 무민 가족은 노를 저어 외로운 산을 지나쳤고, 무민마마는 다음 산모퉁이를 지나면 무민 골짜기의 입구를 지키고 있는 바위가 나타난다는 사실을 알고 있었다.

미이가 언니의 무릎에 앉아 노래를 불렀다.

"우리는 집으로 간다. 집으로, 집으로!"

스노크메이든은 뱃머리에 앉아 물속에 펼쳐진 풍경을 들여다보고 있었다. 배는 풀밭을 넘어 미끄러져 갔고, 꽃들이 배 밑바닥을 사라락거리며 스치기도 했다. 물속에 잠긴 노랗고 빨갛고 파란 꽃들이 물 밖을 쳐다보며 태양을 향해 목을 길게 뻗고 있었다.

무민파파는 오랫동안 안정적으로 노를 저어 나갔다.

무민파파가 물었다.

"베란다가 물에 잠겨 있으려나?"

스너프킨이 어깨너머를 살피며 말했다.

"아무 탈 없이 도착할 수나 있으면 좋겠어요……."

무민파파가 말했다.

"얘야, 헤물렌들은 이미 오래전에 따돌렸단다."

스너프킨이 말했다.

"모를 일이에요."

배 한가운데에 놓인 목욕 가운 밑에 이상하게 불룩한 무언가가 있었다. 그건 움직이고 있었다. 무민은 불룩한 것의 머리 쪽을 조심스럽게 더듬었다.

무민이 물었다.

"바깥으로 나오지그래?"

목욕 가운 밑에서 부드러운 목소리가 들려왔다.

"괜찮아. 여기도 좋아."

무민마마가 걱정스럽게 말했다.

"공기가 전혀 통하지 않을 텐데, 불쌍한 것. 벌써 사흘째 저렇게 앉아 있단다!"

무민이 속삭이며 설명했다.

"작은 헤물렌은 겁이 아주 많아요. 코바늘 뜨개질을 하고 있을 거예요. 그래야 마음이 놓인대요."

하지만 작은 헤물렌은 코바늘 뜨개질을 하고 있지 않았다. 표지를 검은 방수 천으로 감싼 공책에 부지런히 무언가를 적고 있었다. '금지'라고 쓰고 있었다. '금지, 금지, 금지' 오천 번. 한 장 한 장 채워 나가며 작은 헤물렌은 흡족했다.

작은 헤물렌이 차분히 생각했다.

'착한 일을 하면 재미있다니까.'

무민마마는 무민의 손을 꼭 쥐고 물었다.

"무슨 생각을 하니?"

무민이 대답했다.

"스너프킨의 꼬마들이요. 스물네 명 모두 정말 연극배우가 될까요?"

무민마마가 대답했다.

"몇몇 아이들은 그렇겠지. 연기에 재능이 없는 아이들은 필리용크가 입양할 거야. 너도 알다시피 필리용크는 가족 없이는 못 살잖니."

무민이 울적하게 말했다.

"꼬마들은 스너프킨을 보고 싶어 하겠죠."

무민마마가 말했다.

"처음에는 그렇겠지. 하지만 스너프킨은 해마다 꼬마들한테 인사하러 가고, 생일 때 편지도 쓸 거란다. 사진도 보내고."

무민이 고개를 끄덕였다.

"그럼 됐어요. 그리고 훔퍼와 미자벨……. 미자벨이 극장에 남겠다면서 얼마나 즐거워했는지 보셨죠?"

무민마마는 웃음을 터뜨렸다.

"그래, 미자벨은 행복하겠지. 평생 비극을 연기하며 늘 새로운 얼굴로 무대에 등장할 테니까. 훔퍼는 무대 감독이

돼서 미자벨만큼 행복해질 테고. 친구들이 자기에게 딱 맞는 일을 찾아서 좋지?"

무민이 말했다.

"그럼요. 엄청 좋아요."

바로 그때 배가 멈추었다.

무민파파가 배 너머를 내다보며 말했다.

"배가 풀밭에 걸렸어. 이제 물을 헤치며 가야 해."

모두 배에서 내려 물을 헤치며 앞으로 나아가기 시작했다.

작은 헤물렌이 뭔가를 옷 속에 소중히 숨겨 넣었지만, 아무도 그게 무엇인지 물어보지 않았다.

물이 허리까지 차올라 걷기 힘들었다. 하지만 바닥은 돌이 없는 부드러운 풀밭이라 좋았다. 가끔 땅이 높이 솟은 곳에서는 꽃이 핀 작은 언덕이 낙원처럼 수면 위를 떠다녔다.

스너프킨은 끄트머리에서 걸었다. 스너프킨은 여느 때보다 훨씬 더 조용했고, 내내 주위를 둘러보며 귀를 기울였다.

밈블의 딸이 말했다.

"헤물렌들이 아직도 쫓아오고 있다면 네 낡은 모자를 먹을게!"

하지만 스너프킨은 고개를 저었다.

이제 산길이 좁아졌다. 산과 산 사이에서 어렴풋하게 무민 골짜기의 친근한 푸른빛이 보였다. 지붕 꼭대기에서는 깃발이 활기차게 펄럭거렸고…….

이제 굽은 강과 푸른 다리가 보였다. 재스민은 벌써 피어 있었다! 모두 철벅거리며 열심히 물을 헤치며 나아갔고, 집에 돌아가면 뭘 할지 즐겁게 이야기했다.

갑자기 높고 날카로운 호루라기 소리가 칼처럼 공기를 갈랐다.

동시에 좁은 산길이 헤물렌들로 넘쳐났다. 앞에도 있었고, 뒤에도 있었고, 어디에나 있었다.

스노크메이든은 무민의 어깨에 얼굴을 파묻었다. 아무도 말이 없었다. 집에 거의 다 왔는데 경찰에게 잡히다니, 너무 끔찍한 일이었다.

헤물렌은 물을 헤치고 다가와 스너프킨 앞에 멈추어 섰다.

헤물렌이 말했다.

"그래서—어?"

아무도 대답하지 않았다.

헤물렌이 다시 말했다.

"그래서—어?"

그러자 작은 헤물렌이 재빨리 사촌에게 다가가서 무릎을 살짝 구부리며 인사하고는 표지를 검은 방수 천으로 감싼 공책을 건넸다.

작은 헤물렌이 수줍게 말했다.

"스너프킨이 후회하고 용서를 빌었어요."

스너프킨이 입을 열었다.

"나는 안……."

큰 헤물렌이 찍소리도 못 하게 스너프킨을 쏘아보더니 방수천으로 감싼 공책을 펼쳤다. 큰 헤물렌이 숫자를 세기 시작했다. 한참 동안 셌다. 큰 헤물렌이 숫자를 세는 동안 물이 발까지 빠졌다.

마침내 헤물렌이 말했다.

"맞군. 여기에 '금지'가 오천 번 적혀 있어."

스너프킨이 말했다.

"하지만."

작은 헤물렌이 스너프킨에게 말했다.

"아무 말도 하지 마, 부탁이야. 나는 재미있었어. 정말이지 진짜 재미있었어!"

큰 헤물렌이 말했다.

"그럼 표지판은!"

무민마마가 물었다.

"내 텃밭 주위에 몇 개 세우면 되지 않을까요? 예를 들어, '작은 벌레들은 채소를 조금 남기기 바람'처럼 말이에요."

헤물렌이 당황해서 말했다.

"그래요, 그래……. 그것도 좋겠군요. 그렇다면 너희는 떠나도 좋아. 하지만 두 번 다시 그런 짓은 하지 마!"

모두 고분고분 대답했다.

"네."

헤물렌이 작은 사촌을 엄하게 노려보며 말을 이었다.

"그리고 넌 집으로 돌아와."

작은 헤물렌이 대답했다.

"네, 저한테 화내지 않겠다고 약속하면요."

그리고 작은 헤물렌은 무민 가족 쪽으로 돌아서서 말했다.

"그 코바늘 뜨개질 조언은 정말 고마워요. 실내화는 완성되면 바로 보낼게요. 주소가 어떻게 되죠?"

무민파파가 말했다.

"무민 골짜기면 충분해."

모두 마지막 남은 길은 뛰어갔다. 언덕을 넘어 라일락 덤불을 지나 계단까지 곧장 뛰었다. 무민 가족은 잠시 계단에 멈추어 서서 안도와 안심으로 한숨을 길게 내쉬었고, 가만히 서서 다시 집에 있는 느낌을 맛보았다. 모든 게 예전과 다름없었다.

베란다에 실톱으로 무늬를 새긴 예쁜 난간은 부서지지 않았다. 해바라기도 남아 있었다. 물통도 남아 있었다. 해먹은 홍수 때문에 물이 빠져서 색깔이 더 예뻐졌다. 하늘이 비치는 작은 물웅덩이도 하나 생겼는데, 미이에게 맞춤한 수영장이었다.

마치 아무 일도 일어나지 않았고, 어떤 위험한 일도 더는 일어나지 않을 것만 같았다.

하지만 정원에 난 길은 조개껍질로 가득했고 계단은 빨간 해초 화관을 두르고 있었다.

무민마마는 거실 창문을 올려다보았다.
무민파파가 말했다.
"여보, 아직 들어가지 말아요. 나중에 들어갈 때는 눈을 꼭 감고요. 내가 거실 가구를 예전 것과 최대한 비슷하게 만들어 줄게요. 술과 빨간 플러시 천 같은 것도 모두 달아서."
무민마마가 활기차게 대답했다.
"눈을 감지 않아도 돼요. 딱 하나, 뱅글뱅글 도는 무대만 그리워하게 될 것 같으니까요. 그리고 이번에는 화려한 플러시 천을 달아야겠어요!"
밤이 되자, 무민은 잘 자라는 인사를 하러 스너프킨의 천막으로 갔다.
스너프킨은 강가에 앉아 파이프를 물고 있었다.
무민이 물었다.
"이제 더 필요한 건 없지?"
스너프킨은 고개를 끄덕이고는 말했다.
"응."
무민은 킁킁거리며 냄새를 맡았다.
"새로운 담배를 피우나 봐? 산딸기 같은데. 그거 좋아?"
스너프킨이 대답했다.
"응. 하지만 이건 일요일에만 피워."

무민이 깜짝 놀라 말했다.

"그렇구나. 오늘이 일요일이었구나. 음, 그럼 안녕. 나는 자러 갈게!"

"안녕, 잘 자!"

무민은 해먹이 달린 나무 뒤에 있는 갈색 연못으로 갔다. 무민은 물속을 들여다보았다. 그렇다. 장신구는 여전히 그 자리에 있었다.

그리고 무민은 풀밭을 뒤지기 시작했다.

시간이 조금 걸렸지만 나무껍질 배를 찾아냈다. 배는 나뭇잎에 걸려 있었지만 멀쩡했다. 짐칸 위에 있는 작은 출입구도 여전히 제자리에 있었다.

무민은 정원을 거쳐 집으로 돌아갔다. 저녁은 서늘하고 부드러웠고, 젖은 꽃들은 그 어느 때보다 더 강한 향기를 내뿜고 있었다.

무민마마가 계단에 앉아 기다리고 있었다. 무민마마는 손에 무언가를 들고 있었고, 아주 행복해 보였다.

무민마마가 말했다.

"이게 뭔지 맞춰 볼래?"

"작은 배요!"

무민이 이렇게 말하고 웃었다. 특별히 재미있어서가 아니라 그저 너무나도 행복했기 때문이었다.

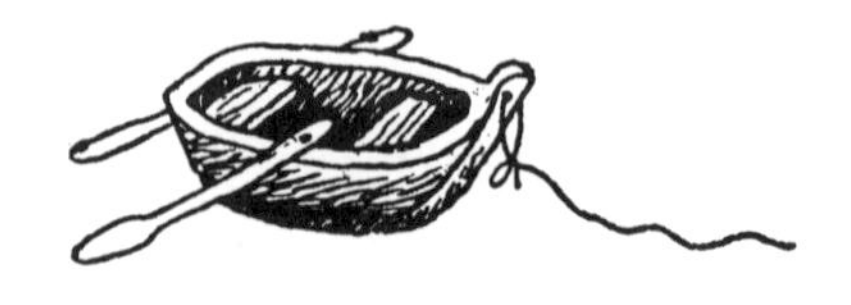